村上ラヂオ

村上春樹　文
大橋歩　画

村上ラヂオ　目次

スーツの話

このあいだクローゼットの服を整理していたら、スーツを5着も所有していることが判明した。ネクタイも20本くらいあった。でも記憶をたどってみると、過去3年の間にスーツを着たことなんてたった一度しかないし、ネクタイだって年に数回しめるかどうか。なのにどうしてこんなにスーツを持っているんだろうなと、自分でも首をひねってしまった。いちおうこれでも大人の社会人だから、何かのときのために季節ごとのスーツを用意しておくことは常識なんだろうけど、それだって「ふん、オレはスーツなんか着ないよ」と開き直ってしまえば、職業柄それで通用しないこともない。

どうしてだろう、と考えているうちにはっと思い出したんだけど（すっかり忘れていた）、40歳になったときに「そうだ、もう若くないのだし、そろそろまっとうな格好をして、まっとうな大人の生活をしよう」と決心したんだよね。だからスーツを作り、革靴も買い込んだ。ちょうどローマに住んでいるときだったので、妥当な値段でなかなか見事な服が買えたし、そういう服を着て「お出かけ」をする場所もあった。イタリアって立派な

服を着ていないと、レストランに行ってもひどい席に通される。とにかく身なりで人を判断する国で、人格とか能力とか、日常生活のレベルではそんなものほとんど関係ない。何はともあれ、とりあえずは外見。だからみんなびしっとした格好で決めている。まあそれはそれで潔いと言えなくもないんだけど…。

でも日本に帰ったら、あっという間にもとのチノパンとスニーカーの生活に戻って、スーツとかネクタイとか革靴のことなんかすっかり忘れちまっていた。困ったもんだ。

思うんだけど、人間の実体というのはいくら年齢をかさねても、それほどは変わらないものですね。何かがあって、「さあ、今日から変わろう！」と強く決意したところで、その何かがなくなってしまえば、おおかたの人間はおおかたの場合、まるで形状記憶合金みたいに、あるいは亀があとずさりして巣穴に潜り込むみたいに、ずるずるともとのかたちに戻ってしまう。決心なんて所詮、人生のエネルギーの無駄づかいでしかない。クローゼットを開けて、ほとんど袖を通されていないスーツや、しわひとつないネクタイを前にして、つくづくそう思う。しかしそれとは逆に「べつに変わらなくてもいいや」と思っていると、不思議に人は変わっていくものだ。変な話だけどね。

ところで僕がこれまでの人生でいちばんよく覚えているスーツというと、20年ほど前に

「群像」新人賞をとったとき、授賞式に着て行ったオリーブ色のコットン・スーツ。スーツというものを持っていなかったので、青山のＶＡＮのショップに行ってバーゲンで買った。それに普段の白いスニーカーをはいて行った。そのときはこれから何か新しい人生が始まるんだなという気がした。実際に新しい人生が始まったかといえば、うーん、たしかに始まったとも言えるし、べつに前と同じといえばずっと同じという気もするんだよね。うまく言えないけど。

滋養のある音楽

ヴィム・ヴェンダースの映画『ブエナ・ビスタ・ソシアル・クラブ』を見た。今更説明の要もないかもしれないけど、長く忘れ去られていた伝説的なキューバの名演奏家たちを、アメリカのミュージシャンであるライ・クーダーが探し集めて現地レコーディングをし、その余勢を駆って海外公演を成功させる過程を描いたいわゆる「音楽ドキュメンタリー」です。出てくる音楽家たちもみんなとてもチャーミングな人たちだし、音楽もわくわくするくらい楽しくて、引き込まれて見てしまった。

ところでこの映画を見た日は大がかりな引っ越しをした翌日で、何百個も荷物を持ち運びしたおかげで（古レコードだけで六千枚もあった）、身体は麻袋のようにくたくたに疲れていた。映画館の椅子に座ったら、脚が突然くにゃっとして、もうこのまま立ち上がれないんじゃないかと思ったくらいだった。立って動いているときは気がつかなかったけれど、腰を落としたら疲労がどっと表に出てくることってありますよね？

疲労のせいで、映画が始まって最初の一時間くらいはところどころでうとうととまどろ

んでいた。とても目が開けていられない。「素敵だな」と頭で思いながらも、身体は心地よい眠りの泥の中にずるずると引きずり込まれてしまう。いくつかの短い夢まで見た。どれもこれも脈絡のない不思議な夢だった。そして夢を見るたびに、身体の疲れが少しずつ癒されていくような気がした。そのあいだ耳元ではずっと、キューバ音楽が心地よく鳴り響いていた。そんなわけで、この映画については見落としている部分があるかもしれない。でも映画館を出たときには、僕の身体はいくつもの夢を通過し、中古レコードのランクで言えば「新品同様」に戻っていた。だから僕は頭ではなく、身体全体でこの映画を正当に理解し、評価したんだという実感がある。身体の底のところまで映画をしみこませて、ちゅうちゅうと滋養を吸ったという感触がある。あれこれむずかしい能書きは言いたくない。

しかしこういう映画ってできればビデオじゃなく、映画館の椅子に座って、親密な暗闇の中で、まわりを音楽に取りまかれて見たいものですね。そうしないとうまくはまりこんでこないものもある。

ジム・ジャームッシュが作った『イヤー・オブ・ザ・ホース』も、ニール・ヤングのコンサートを中心に構成された音楽ドキュメンタリーで、独特のざらっとした味わいのある魅力的な作品だった。どちらもいわゆる撮影用のカメラではなく、小型の手持ちビデオ・

カメラで撮影された。だから画像は荒っぽいけど、そのぶん音楽の息づかいが生々しく再現されている。最近ではお金をかけて作られた洗練されたミュージック・ビデオがいっぱい出ていて、ときにはうんざりしちゃうくらいだけど、本当に素晴らしい効用のある映像を手にするのは、逆にむずかしくなっているのではないか。ヴェンダースやジャームッシュの「音楽映画」を見てそう思いました。

リストランテの夜

あるとくべつな夜に、あるとくべつな女性と、青山のとある高級なイタリア料理店に行って、夕食をともにした。といっても要するにうちの奥さんと、結婚記念日を祝ったというだけのことです。なーんだ、つまらないですね。つまらなくないか。それはまあいいや。静かな店です。テーブルとテーブルのあいだは適度に離れ、分厚いワインリストがあり、本格的なソムリエも出てくる。真っ白なテーブルクロスと、キャンドルライト。音楽はなし。心地よい静けさと二人の会話が、バックグラウンド・ミュージック代わりになる。料理は北イタリア風で、手のかかった本格的な仔牛のカツレツが出る。だいたいの感じはわかっていただけましたでしょうか？　要するにちょっと気取ったリストランテだ。値段も安くはないし、そうしょっちゅう行ける店ではない。

我々がテーブルについたとき、少し離れた席に若い男女がいた。まだ夜も早かったし、客は我々とその人たちの二組だけだった。たぶん男性は二十代後半、女性は二十代半ばで、どちらも顔立ちがよく、都会的でこぎれいな身なりをした、なかなかスマートな雰囲気の

カップルだった。

ワインを選び、料理を注文し、それが運ばれてくるのを待ちながら、二人の会話を聞くともなく聞いていると（というか、勝手に聞こえてきたんだけど）、「この二人は深い仲になる直前なんだな」ということがわかった。内容的にはごく普通の世間話をしているだけなのに、声のトーンでおおまかな筋は推測できる。僕もいちおう小説家のはしくれなので、そのへんの男女の心の機微はある程度読める。男性は「そろそろ誘おうかな」と思っているし、女性の方も「応えてもいいかな」と思っている。うまくいけば食事のあと、どこかのベッドに向かうことになるかもしれない。テーブルの真ん中にフェロモンの白い靄が漂っているのが見える。僕のテーブルの方は、結婚して30年にもなるので、さすがにフェロモンはあまり漂っていない。でも幸福そうな若いカップルというのは、はたで見ていても悪くないものだ。

しかしそのような約束に縁取られた美しい雰囲気も、プリモ・ピアットが運ばれてきたときに文字どおり雲散霧消してしまった。というのは、その男性が「ずるずるずるずる！」というすさまじい音を立てて、パスタを喉の奥に送り込んだからだ。本当に本当に圧倒的な音だった。季節の変わり目に一度、地獄の大門が開け閉めされるときのような音。

それを耳にして僕も凍りついたし、うちの奥さんも凍りついたし、ウェイターもソムリエも凍りついた。向かいの席の女性もしっかり凍りついていた。すべての人が息をのみ、すべての言葉を失った。でもその当事者の男性だけは、無心に、ずるずるずるずると、いかにも幸福そうにパスタをすすり続けていた。

あのカップルはその後どのような運命をたどったのだろう。今でもときどき気になる。

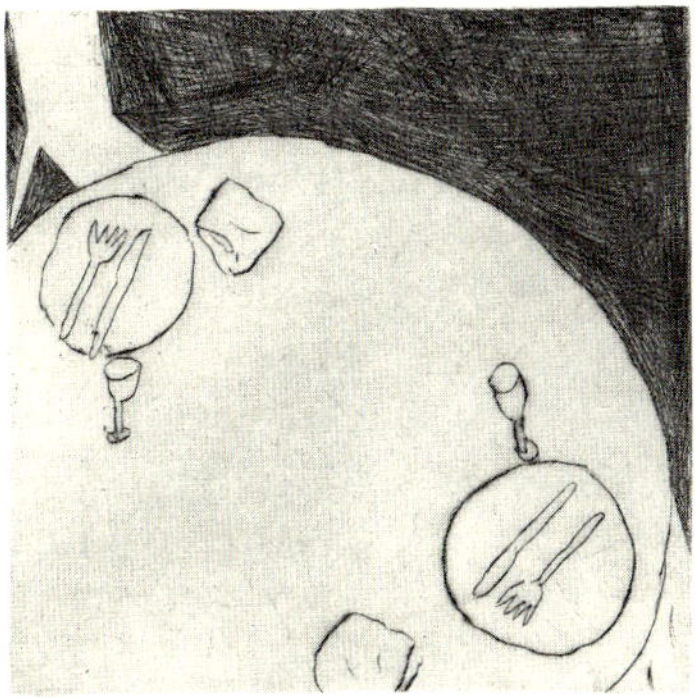

焼かれる

一般的に言って、小説家というのはわりに変な(役に立たない)ものごとにこだわってしまう人種であると定義していいかもしれない。ときどき「なんでまたこんなものが」というようなものごとが、気になってしょうがなくなることがある。

たとえば、1970年頃にウーマンリブ運動をしていた人たちが、女性の解放を主張して、メッセージの一環としてブラジャーを焼いた。ずいぶん古い話ですが、ご存じでしょうか？　みんなで広場に集まって気勢を上げ、焚き火をおこして、そこに片端からブラジャーを放り込んだ。「こういうものが女性を社会的に束縛しているのはけしからん」というのが彼女たちの主張で、新聞記者はその写真を撮り、大きく報道した。

それはまあそれでいいと思う。僕は男なのでブラジャーが物理的な観点から見てどの程度に束縛的なのか、もうひとつよく実感できないけれど、主張があって焼き捨てたいと思うのなら、焼き捨てればいい。そのことに文句をつけているわけではない。

僕が気になるのは、それが新品のブラジャーだったか、あるいはある程度使用されたブ

ラジャーだったかという点にあります。それについて考え出すと気になって夜も寝られないというほどでもないけど、疑問符が背中のどこかに、淡い影のようにぴたりとはりついている。そういう細かいことは新聞にはいちいち書かれないので（まあ書かないよね）、なかなかことの真相はわからない。でもまあ、たぶんある程度使ったものを焼いたんだろうな。新品を焼やすのってちょっともったいないし、女性がそんな無駄なことをするとは僕には思えない。

でももしそうだとしたら、焼かれたブラジャーは気の毒だよね。ブラジャーはブラジャーなりに、それまで一生懸命職責を果たしてけなげに（たぶん）生きてきたのに、とつぜんタンスの引き出しから引っぱり出されて、救いようのない極悪人みたいに扱われて、存在意義そのものを否定され、おとしめられ、みんなの見ている前で燃え盛る火の中に放り込まれたんだから、これは浮かばれない。僕は、血縁関係とかはもちろんないけど、ついつい同情してしまう。

それからもうひとつよくわからないんだけど、なぜ彼女たちはブラジャーだけを焼いて、ガードルを焼かなかったんだろう？　ブラジャーが束縛的だとしたら、ガードルだって同じくらい（あるいはもっと強固に）束縛的ではないのか。しかしガードルは焼かれず、ハイヒールもマスカラも焼かれず、ブラジャーだけが焼かれた。たぶん何かの歴史的屈曲の象徴として、ドクトル・ジバゴが運命の暗い回廊をたどらなくてはならなかったように、ブラジャーは思いもかけぬ悲運にみまわれることになったわけだ。かわいそうだ。何はともあれ、僕も「何かの象徴」みたいなものにだけはなりたくないと思う。ほんとに。

まあ、30年前に焼かれたブラジャーのことなんか、今さらこと細かに考察してもしょうがないと思うんだけど、ついつい考えちゃうんだよね。暇だからかなあ。

猫山さんはどこに行くのか？

以前どこかで、ものすごくむずかしいことの比喩として「猫にお手を仕込むくらいむずかしい」と書いたら、「いや、うちの猫はお手をします」というメールをけっこうたくさんいただいた。いやいや、驚きました。ある人によれば、餌を与えながら気長に仕込んでいると、たいていの猫はお手を覚えるんだそうだ。僕はこれまで多くの猫を飼ったけど、とてもそんな訓練ができるような雰囲気じゃなかったし、だいたい猫にお手を仕込もうなんて思いつきもしなかった。

僕にとって猫はあくまで仲の良い友人であり、ある意味では対等のパートナーであって、芸を仕込むというのはイメージとして「ちょっと違うな」という気がする。だから猫山さん（という名前で擬人化して呼ばせていただくけれど）にはもっと凜として生きていてほしいと思う。もちろんお手をする猫がいけないと言っているんじゃなくて（それはそれで立派なものだと思うよ）、あくまで僕にとっての猫山さんとは自由でクールな存在なのだということです。

それからおとなしいことの比喩として、「借りてきた猫のように」という表現がある。以前若い人から「よくわからないけど、どうして猫を借りなくちゃいけないんですか？」という質問を受けたことがある。そうだね。どうしてわざわざ猫をよそから借りなくてはいけないんだろう？　ヒーリングとかに関係があるのだろうか？　いいえ、違います。鼠を退治するためです。鼠とりの得意な猫がいると、「すみません。おたくの猫をしばらく貸してくれませんか」と近所の人が頼みに来た。昔は日本の家にはけっこう鼠がいて、猫はその鼠をとるための「即戦力」として飼われていたわけだ。僕が子どもの頃、うちで飼っていた猫はときどき鼠を殺して、それをくわえて自慢そうに見せに来ていた。だから猫は家の中でも価値のあるものとして、自立したポジションを維持していた。つまり猫山さんは専門技能を持つ個人主義者であり、クールな自由業者であり、そんな時代には猫山さんにお手を仕込むなんて、とても考えられなかった。だってそんなことをしても意味ないものね。

でも今では少なくとも都会の家からは鼠がほとんど消えて、おかげで猫山さんの存在意義も様変わりし、一般的にはただの可愛いペットとして飼われるようになった。だからその結果、節を曲げてお手を覚える猫も増えてきたのかもしれない。年に一度くらい猫の全国会議があって、「猫たるもの、この厳しい時代に生き残りをかけて、構造の見直しと、ドラスティックな意識変革が必要とされているのではあるまいか」みたいな決議が採択され、全国の猫山さんたちは神社の庭の片隅でみんなで腕組みをして、「うんうん。そうかもしれんなあ」とうなずきあっているのだろうか。

でもそうはいっても、「ばーろー、何がお手だ。ふん。俺は犬じゃねえよ。ふざけんな！」と威勢のいい啖呵を切る猫山さんが、僕はやはり好きだ。がんばれ、全国の猫山さん。

うなぎ

友だちに借りた、真っ黒なぴかぴかの大型メルセデス・ベンツを運転していて、駐車場に入るときに、右側のサイドミラーを入り口の柱に思いっきりぶっつけてしまい、「わあ、困ったな。どうしよう!」と思って冷や汗をかいて、目が覚めたら夜中の3時42分だった。

この夢はいったい何を意味するんだろう? きっと今日はうなぎを食べなさいということだ。黒いメルセデス・ベンツはうなぎの象徴で、ミラーをぶっつけるのは、カロリーの高いものを食べることに対する自責の念の置き換えです——というのは真っ赤な嘘で、ただ今日はうなぎを食べたいなと、まあ、その、ふと思っただけです。夢を見たのは本当だけど。

でも、うなぎっておいしいよね。何を隠そう、僕はだい好きです。毎日食べるものではないけれど、二カ月に一回くらい思い出して、「そうだ、今日はうなぎを食べよう」と決心し、食べに行く。うなぎというのは不思議な雰囲気をもった食べもので、「うなぎ屋に入り、うなぎを注文して食べる」という一連の手順を踏むだけで、そこで何かひとつの思

いが完結したという、一種儀式的な感触がある。そういうどことなくいわく言いがたいところも心地いい。

でも昔からうなぎが好きだったわけではない。子供の頃はなんか気味が悪くて、家の人が食べていても、僕だけは食べなかった。でも人生のある時点から、うなぎが突然好きになった。いつどんなきっかけでうなぎが食べられるようになったのか、どうしても思い出せないんだけど、何はともあれ食べてみるとうまいものだ。

ずっと昔、奈良の田舎を旅行して歩いていて、小さな町で古いうなぎ屋さんをみつけて入ったことがある。二階の静かな座敷に通されて、うなぎを注文した。お昼の一時くらいになっていて、僕も連れもすごくおなかが減っていた。でも最初にお茶が運ばれてきたきり、待てど暮らせど料理は出てこない。1時間近くごろんと寝ころんで待っていたんだけど、そのうちに腹が減ってふらふらしてきたので、どうなっているのか様子をうかがうために下に降りていった。でもうす暗くてしーんとしていて、人の気配はない。客もどうやら僕と連れだけらしい。

「すみませーん」と声をかけながら廊下を進んでいくと、奥の方に調理場らしい土間があった。のぞいてみると、ひと昔前のポーランド映画っぽい湿った仄かな光の中で、腰が曲がったおばあさんが一人、太いくしみたいなものを手にむこう向きに立っていた。そして僕が見守る中で、それをどおんと振り下ろして、うなぎの首を刺した。まるで古い夢の中の光景みたいだった。

僕は黙って二階に戻り、待ち続けた。しばらくあって、女中さんが「どうもお待ちどおさま」と言って、鰻重を運んできた。それは冗談抜きで、留保抜きで、本当に本当においしいうなぎだった。うなぎってかなり特殊な食べものだ。つくづくそう思う。

ロードス島の上空で

僕は思うんだけど、ぎりぎりのところまで「死」に近づく瞬間が人にはあるのではないか。もちろん、実際にあやうく死にかけたというようなケースもあるだろうけど、それとは別に、とくにこれという理由も関連性もなく、出し抜けに死そのものの存在をすぐ間近に感じる、ということです。

僕らは、ふだんはあまり死ぬことなんか考えず生きている（そんなこといつもいつも考えていたら疲れちゃいますよね）。でもあるとき、何かの成りゆきで死の息吹をふと首筋に感じる。「そうだ、我々はごく当たり前に生きて、お昼に親子丼を食べて、冗談を言って笑っているけれど、ちょっとした風向きの変化で簡単に消滅してしまうようなはかない存在なんだ」と実感する。それにあわせてまわりの世界の風景が、一時的にせよがらりと姿かたちを変化させてしまう。

僕はいちどギリシャで、古い双発のプロペラ機に乗っているときに、そういう体験をした。オイル・サーディンの入っているブリキ缶みたいなぺらぺらの飛行機なんだけど、す

ごくシンプルにできているぶん事故は少ない、ということだ。ほんとかどうかは知らないけど。でも飛行機がロードスの空港に近づいたとき、突然両方のエンジンがぴたりと停止した。理由はわからない。しかしスチュワーデスも乗客もとくに慌てたりしなかったから、トラブルではなく、たぶんわりによくあることだったのだろう。

飛行機のエンジンがとまると、あたりはしんとした。風のうなりだけがかすかに耳に届く。よく晴れた秋の午後で、雲ひとつなく、世界中が余すところなくクリアに見えた。ごつごつした山の稜線や、松の木立や、点在する白い家並みが眼下に広がり、向こうにエーゲ海が光っていた。僕はその上を漂い、さまよっていた。すべては非現実的に美しく、静かで、ずっと遠くにあった。これまでものごとをひとつのかたちに束ねていた帯のようなものが、何かの加減でほどけて落ちてしまったみたいに思えた。

そのときに、自分がこのまま死んでしまったとしてもおかしくないと感じた。僕にとっての世界は既にほどけてしまって、これから先の世界は僕とは無関係に進行していくんだな、と。自分が透明になって肉体を失い、五感だけがあとに残って、残務処理みたいに世界を見納めているのだという気がした。とても不思議な、ひっそりとした心持ちだった。

でもやがてエンジンがかかり、まわりに再び騒音が戻ってきた。飛行機は大きく旋回し、滑走路に向かった。僕はもう一度自分の肉体を取り戻し、一人の旅行者としてロードス島に降りた。そして生き続けているものとして、レストランで魚を食べ、ワインを飲み、ホテルのベッドで眠った。しかしそこにあった死の感触は、今でもまだ僕の中に鮮やかな実感を伴って残っていて、死について思うとき、いつもあの小さな飛行機から見た風景が頭によみがえってくる。というか実際の話、あのときに僕の一部は死んでしまったんだとさえ思う。澄み切ったロードス島の空の上で、とても静かに。

にんじんさん

古い歌の歌詞って、古いだけあって、何を言っているのかよくわからんものがあります。たとえば童謡の『赤い靴』に

「赤い靴はいてた女の子、いーじんさんにつれられて行っちゃった」

という一節がある。

もちろん「いーじんさん」は「異人さん」で、a stranger、要するに外国人のことなんだけど、この意味がわかっていない人はけっこう多い。「異人」という言葉が既に死語である上に、音をひっぱっているから、「なんのこっちゃ」になってしまっていて、まあしょうがないといえばしょうがないんだけど、この前インターネットで「いーじんさん」の解釈を募集したら、ずいぶん多くの「誤解」が集まった。

数からいうと、「いいじいさんにつれられて」「ひいじいさんにつれられて」というのが圧倒的に多かった。しかしひいじいさんともなるとけっこうな齢だろうし、女の子の手を引いて港を歩くのも大変だったのではと、他人ごとながらつい心配になってしまう。「い

いじいさん」だと、これはハッピーエンドっぽくていいんだけど、でも人間って一皮むいてみないとわからないから、一夜明けたらいいじいさんが悪いじいさんに豹変して、「ひひひ。お嬢ちゃんや」なんてダークな展開になるかもしれない。

中にひとつ、「知事さんにつれられて」というのもあった。そのときは「なんで知事さんが女の子をつれていくんだよ。変なの」と思っていたんだけど、某大阪府知事の行状を聞き知るに及んで、「そうか、やっぱり知事さんにつれていかれちゃったのか」としみじみ実感してしまった。逆に某東京都知事につれていかれたりすると、こんこんと徳育教育されちゃいそうで、これもまた怖い。いずれにせよ「異人さん」より「知事さん」の方が遥かに同時代的で、リアルだよね。

それから「にんじんさん」というわけのわからない解釈もあった。横浜でにんじんに連れて行かれたらいったいどうなるんだ？　にんじんさせられちゃったらどうするんだ（あーくだらない）。僕は個人的には「イージーさにつられて行っちゃった」というのが、「楽しけりゃそれでいーじゃん」的で、刹那的で、けっこう好きなんだけど、しかしそこまでいくと童謡には向かないだろう。

でも、広く知られる歌の歌詞の意味を正確に理解できていなくても、あるいは間違って解釈していたとしても、普通の人が現実の生活を送るにはとくに支障はない。というか、むしろ「なんかよくわからん」というファジーなものをある程度抱えていた方が、心地よいフシがある。そう思いませんか？　言葉の、とくに耳から入ってくる音声的な言葉のすべての意味と関係性が、大きな蛍光灯で照らされるみたいに隅々までクリアになってしまうと、それはそれでなんか味気ないものじゃないだろうか。人生にはある程度の理不尽な謎が必要なのだ。僕はそう思う。にんじんさん、いいですよね。

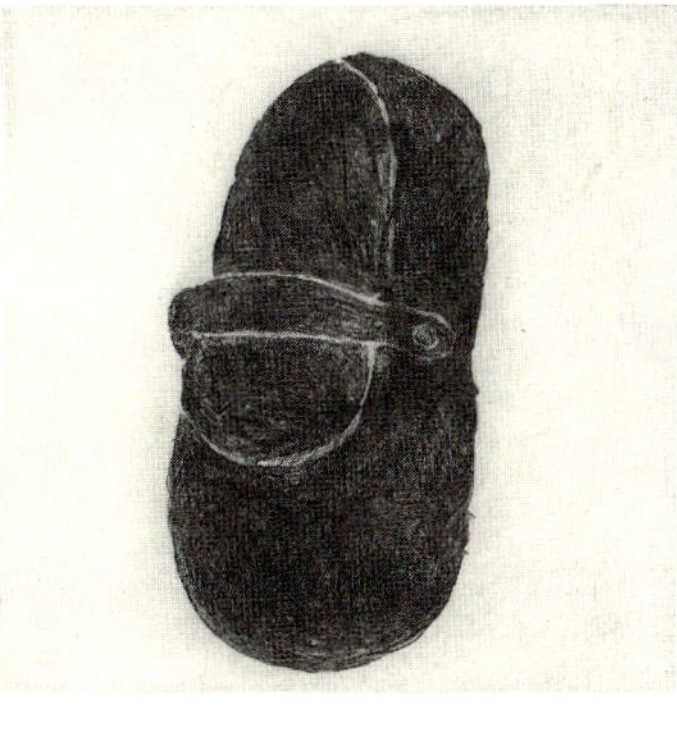

柿ピー問題の根は深い

世の中に永久運動は存在しない、というのは物理学の一般常識だけれど、半永久運動というか、「永久運動みたいなもの」は、けっこうある。たとえば柿ピーを食べること。

柿ピーのことは知ってますよね？　ぴりっと辛い柿の種と、ふっくらと甘い香りのあるピーナッツが混じっていて、それをうまく配分し、組み合わせながら食べていく。誰が考えたのか知らないけど、よく思いついたよね。ちょっと普通では考えつかないとりあわせだ。考えついた人にノーベル平和賞をあげたいとまでは言わないけど（たとえ言っても相手にしてくれないだろうけど）、卓越したアイデアだと思う。

柿の種が漫才でいう「つっこみ」なら、ピーナッツは「ぼけ」にあたるわけだけど、ピーナッツにはピーナッツの洞察があり、人柄があり、ただの頷き役では終わっていないところがよい。柿の種のつっこみをさらっと受けて、鋭く切り返すこともある。柿の種はそのへんを承知の上で、自分の役割を意識的にいくぶん過剰に演じている。まことに絶妙のコンビというべきか、あうんの呼吸がとれている。

だから、と言いわけするのではないけれど、ビールを飲みながら柿ピーを食べていると、きりがないですね。気がつくと一袋空になっていたりする。それにあわせて（喉が渇くから）ビールもついつい飲んでしまう。困ったものだ。こうなると、ダイエットも何もあったものではない。

ただそのように優れた食品である柿ピーにも、問題がまったくないわけじゃない。そのひとつは「他者が介入してくると、柿の種とピーナッツの減り方のバランスが狂ってしまう」ことである。たとえばうちの奥さんはピーナッツが好きなので、一緒に食べると、柿ピーの中のピーナッツばかり一方的にぽりぽり食べて、その結果柿の種だけが余ってしまうことになる。僕がそのことで文句を言うと、「だって、あなたは豆類ってあまり好きじゃないじゃない。柿の種が多い方がいいんでしょう？」と言い返される。たしかに僕はピーナッツよりは、柿の種の方が好きだ。それは進んで認める（僕はだいたいにおいて甘いものより辛いものの方が好きなのだ）。

でも柿ピーを食べるときには、僕は自分の内なる欲望をできる限り抑え、柿の種とピーナッツをなるべく公平に扱うように努めている。自分の中に半ば強制的に「柿ピー配分システム」を確立し、そのとくべつな制度《レジーム》の中に、偏屈でささやかな個人的喜びを見いだしているのである。世の中には甘いものと辛いものがあって、両者は互いに協力しあって生きているのだという世界観を、あらためて確認する。しかしそんなややこしい精神作業をよその人に理解してもらうのは、正直言って大変に面倒だ。だから「いやあ、まあそうなんだけど…」と口ごもりながら、いじいじ柿の種ばかり食べている。

うーん、一夫一妻制ってむずかしいんだよね。今日も柿ピーを食べながら、つくづくそう思う。

跳ぶ前に見るのも悪くない

アメリカにイーブル・ニーブルという名前の、有名な職業的冒険家がいる。この人は生涯を通じて様々な種類の突拍子もない冒険にチャレンジしてきたのだけれど、中でも評判になったのは、オートバイでグランド・キャニオンを跳び越えるというすさまじい試みだった。勢いをつけるための滑走斜面を作っておいて、そこを全速力で駆けのぼって、そのまま向こう岸までぴよーんと弧を描いて跳んじゃうわけだ。こういうのって、普通の（正常な）人にはなかなかできないよね。たとえいちばん狭いところでも、グランド・キャニオンってほんとに広いもの。

それでイーブル・ニーブルさんが、この偉業を達成したあとで口にした言葉、

「ジャンプすること自体はべつにむずかしくありません。むずかしい部分は、着地をしようとするところから始まります」

なるほどね、言われてみればたしかにそのとおりだ。勢いよくジャンプするだけだったら、元気さえあれば誰にだってできる。しかしうまく着地しないことには、生きて戻って

こられない。当たり前のことなんだけど、オートバイで実際にグランド・キャニオンを跳び越えた人の口から聞かされると、「うーん、哲学だなあ」と深く納得してしまう。

それとは内容が反対になるが、大江健三郎さんの昔の本に『見るまえに跳べ』というのがある。若い頃そのタイトルを目にして、「そうか、見る前に跳ばなくちゃいけないんだ」と不思議にしみじみと納得したことがある。これもやはりひとつの哲学かもしれない。1970年前後の争乱の時代には、その「見るまえに跳べ」というのはひとつの流行語みたいにもなった。イーブル・ニーブルさんと大江健三郎さんが膝を交えて、ジャンプについて対談したらすごく面白そうだけど、たぶんしないだろうな。

僕もこれまでの人生でいくつかの冒険をしてきたわけで、今あらためて振り返ってみると「まあ、ここまでよく生き延びてきたよなあ」と我ながら感心してしまうことになる。もちろんどれをとってもグランド・キャニオンをオートバイで跳び越すような派手なジャンプではなかったけど、そのときの僕にとってはけっこうたいした冒険だった。着地のことをよくよく考えてから跳んだこともあったし、場合によってはろくすっぽ考えずに——考えるだけのアタマがなかったということもある——「見るまえに」跳んぢまったこともあった。怪我をしたこともあったけど、幸いなことに致命的な怪我ではなくて、おかげさまでいちおう世間的に「作家」と呼ばれ、五体満足でこうしてろくでもない文章を書いて、のうのうと日々を送っている。

もう一度若くなって、最初から人生をやりなおせるとしたら、やりなおしたいですか、と質問されたら、「いやあ、もういいです」と答えるしかない。あんな恐いこと二度とやりたくないよ。ほんとに、冗談抜きで。

オブラディ・オブラダ

僕は1960年代に十代を送ったので、ビートルズをデビューから解散まで同時代的に体験したことになる。でもそのときはそれがたいそうなことだとは思わなかった。『イエスタデー』がヒットしたときも、最初は「いい曲だな」と思ったけど、来る日も来る日も『イエスタデー』ばかり聴かされて、最後には「くそ、もういい加減にしてくれよ」と思った。今でも『イエスタデー』のイントロが聴こえると、「くそ、もういい加減にしてくれよ」という思いが条件反射的にこみあげてくる。悪いとは思うけど。

高校生のときにはジャズとクラシックにのめりこんでいたので、ビートルズはどちらかといえば敬して遠ざけていた。世間的に人気があったので「ふん」と思っていた。なにしろ生意気盛りなので、そういうろくでもない態度をとっていたわけだ。でもいくら敬遠しても、ラジオからはビートルズのヒット曲ががんがん流れてくるし、結局のところあれこれ言いつつも、ビートルズの歌が僕にとっての'60年代のバックグラウンド音楽みたいになってしまった。たいしたバンドであり、たいした曲だったんだなと今では素直に感心する。

なぜ若いときにもっと素直になれなかったんだろう？　ぶつぶつ。

ある日用事があって遠くの街に行ったら、商店街をチンドン屋が練り歩いていて、その音楽が『オブラディ・オブラダ』だった。いろんなチンドン屋を見かけたけど、ビートルズを持ち歌にしているチンドン屋は初めてだったので、珍しいなあと思って眺めていた。クラリネットと鉦《かね》太鼓という、例の古典的な楽器編成。でもその音楽を聴いているうちに、頭が妙にうずうずとした感じになってきた。なんだか「メビウスの輪」的な迷路にはまりこんで、いくら見回しても出口がみつからないみたいな感じだった。変だな、いったい何がいけないんだろうと考えているうちに、はっと気がついたのだけれど、そのチンドン屋の演奏する『オブラディ・オブラダ』にはサビの部分がなかったんだよね。つまりAABAという形式のB部分がなくて、A部分だけが繰り返し繰り返し演奏されていたわけだ。

なぜ彼らはサビの部分を飛ばしていたのだろう？　演奏が技術的にむずかしかったのだろうか。あるいは最初の部分を単純に繰り返していた方が魔術的な効果を発揮するという計算があったのか。いずれにせよ、今でもときどきそのときの「うずうず感」が体内によみがえってきて、正直言ってわりに迷惑している。新しいレパートリーに挑戦するのはいいけど、やるのならサビの部分までちゃんとやってほしい。サビのない音楽って、携帯の着メロもそうだけど、持っていき場所がなくて不思議に疲れる。

それでふと思ったんだけど、世の中にはたまに「サビのない人」みたいなのもいますよね。言っていることのひとつひとつは一見まともなんだけど、全体的な世界の展開に深みがないというか、サーキットに入っちゃっていて出口が見えないというか…。こういう人と会って話をすると、やはりぐったり疲れるし、その疲労感は意外に尾を引く。これもまあ、ビートルズには直接責任のないことですけど。

パスタでも茹でてな！

僕はイタリアに住んでいるときに運転免許をとって、大胆にも初心者ドライバー時代をローマの町で送った。だから——ローマを訪れたことのある人はたぶんわかると思うけれど——たいていのことは怖くない。ローマの町は、世界の他のどのような大都市よりも、ドライバーにスリルと混乱と興奮と頭痛と、そして屈曲した大きな喜びを分け与えてくれるからです。ほんとです。疑っている人はローマに行ってレンタカーを借りて、自分で運転してみてください。

イタリア人のドライバーの特徴のひとつは、何か文句があるとすぐに窓を開けて怒鳴ることだ。同時に手も振り回す。運転しながらこれをやるから、はたで見ているとけっこうおっかない。知人のイタリア人は、下手な運転をしてたらたら走っているおばさんを見かけると追い越すときに、フィアット・ウーノの運転席の窓を開けて（そのためにはぐるぐると素早くハンドルをまわさなくてはならない）、「シニョーラ、あんた運転なんかしないで、うちでパスタでも茹でてな！」と怒鳴った。下手な運転者に対して不寛容なことも、

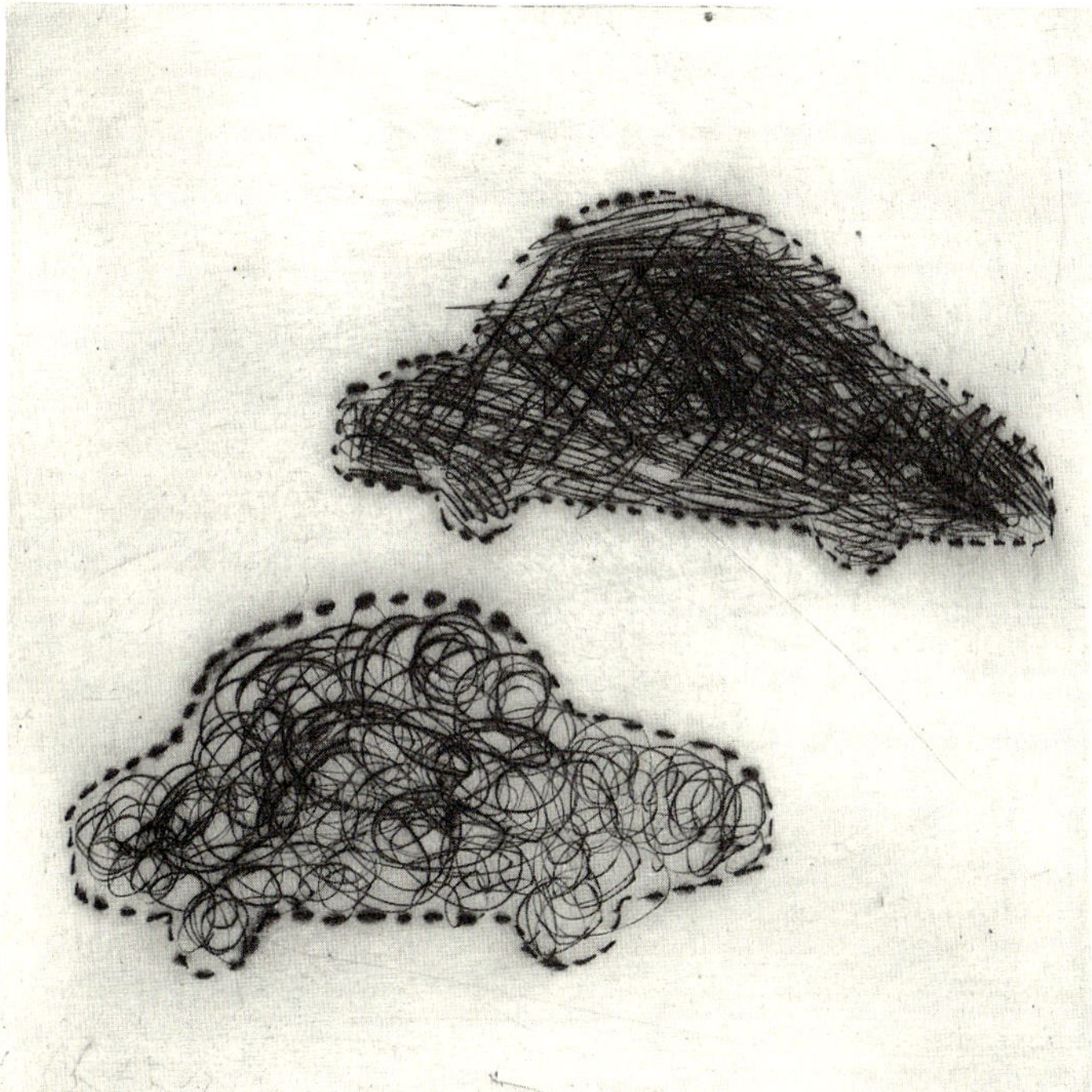

イタリア人ドライバーのもうひとつの特徴である。

しかしそのたびに僕はおばさんに同情しないわけにはいかなかった。おばさんだって、生活のためにやむなく車を運転しているのかもしれない。それで家に帰って、台所で実際にパスタを茹でながら、息子にむかって涙ながらにこぼしているかもしれない。「お母さんはね、今日町を運転していて、『シニョーラ、運転なんかしないで、うちでパスタでも茹でてな！』ってどっかの男に怒鳴られたんだよお」と。気の毒だ。日本なら「うちに帰って、大根でも煮てな！」ということになるだろうか。

不思議なことだけれど、イタリアのパスタはおいしい。当たり前じゃないか、それがなんで不思議なんだと言われるかもしれないけれど、僕がそう言うのは、イタリアと隣り合った国々で食べるパスタがことごとくまずいからだ。国境をまたいで越えただけで、パスタが突然信じられないくらいまずくなる。国境って変なものだ。それでイタリアに戻ってくると、そのたびに「おお、イタリアってパスタがおいしいんだなあ」とあらためてしみじみ実感する。思うんだけど、そういう「あらためてしみじみ」がひとつひとつ、僕らの人生の骨格をかたちづくっていくみたいですね。

東京のイタリア料理店のパスタもけっこう水準は高い。よその国の料理なのによくまあこんなに上手に作るよなとよく感心させられる。でも国境を越えて帰ってきて、そのへんの食堂で「ああ、うまいなあ」と思って食べるイタリアのパスタの「あらためてしみじみ」感は、やはり求めるべくもない。料理って結局のところ、「空気つき」なんだよね。ほんとにそう思う。

りんごの気持ち

ジョン・アーヴィングが自作の小説をもとにシナリオを書いて、アカデミー脚本賞をとった映画『サイダーハウス・ルール』を見にいった。いや、とても出来が良くて感心した。原作はやたらと長い上に、説教臭い部分が多くて、ところどころでいささか辟易させられたけれど、さすがに映画ではそういう理の勝った部分がカットされていて、なかなかよい雰囲気にまとまっていた。もちろんアーヴィングの小説の最大の魅力は、なんといってもその長さとしつこさにあるわけで、そのへんはまあ、アレですけど。

しかしそれにしても、スコット・フィッツジェラルドから、フォークナー、カポーティ、チャンドラーから、果てはレイモンド・カーヴァーまで、数多くの一流実力派作家がハリウッドにチャレンジしたけれど、アカデミー脚本賞を獲得したのはジョン・アーヴィングさんが初めてだ。というか、映画とかかわっていささかなりともハッピーな結果を残すことができた作家は、これまでほとんど一人もいなかった。そういうジンクスを打ち破ったのは、なんといってもたいしたことだと思う。よかったですね。

というわけで『サイダーハウス・ルール』は映画自体として面白く楽しめたのだけれど、実をいうと僕はこの映画を見ているあいだずっと、「ああ、りんごが食べたいな」とばかり思っていた。なにしろりんご果樹園が舞台の話で、映画の中においしそうなりんごがいっぱい出てくるので、一度食べたいと考え始めると、生唾が出てくるくらい食べたくなってくる。そんなにりんごを食べたいと思ったのはひさしぶりのことだった。りんご好きの人（悪い人はいないような気がする）には必見の映画です。

僕はりんごはだいたいにおいて、ぎゅっと堅くて酸っぱいのが好みで、だから日本では紅玉をよく食べるし、ボストンに住んでいるときにはマッキントッシュばかり食べていた。マッキントッシュ（日本名は「旭」）はいちばん安価な部類に属するりんごで、スーパーマーケットにいくと大きなポリ袋に入ったものが数ドルで売られている。それを買ってきて、毎日飽きもせずに食べていた。あるいは皮を剥いてセロリといっしょにサラダにして食べていた。だからボストン時代のことを思うと、マッキントッシュのこぢんまりとした深紅の姿がふと頭に浮かぶ。

だからというのでもないけど、ずっとマッキントッシュのコンピュータを愛用しています。ちなみにりんごのマッキントッシュはMcIntoshで、コンピュータ「アップル」は

Macintosh、商標の関係でちょっと綴りが違う。朝起きて、台所からりんごをひとつ待って書斎に行き、りんごマークの「アップル」のスイッチをぴよーんと押して、夜明けの光の中で画面の準備が整うのを待つ。そのあいだ赤くて酸っぱいりんごをかじる。そしてさあ、今日もがんばって小説を書こうと思う。長い間そういう生活を続けていた。決してウィンドウズを憎んでいるわけではないが、今のところマックから乗り換えるつもりはない。だってウィンドウズにはりんごのマークがついてないんだもの。

きんぴらミュージック

ニール・ヤングの新譜CDを買ってきて、夕方包丁を片手に台所に立って、ごぼうとにんじんのきんぴらを作りながら一人で聴いていたら、あたりの空気がしみじみ化して、胸が熱くなってきた。ニール・ヤングって、きんぴらを作りながら聴くとほんといいですね。「ニール、君もがんばれよな。僕もこうやってがんばってきんぴらを作ってるからな」と深く思った。できあがったきんぴらを届けてあげたいとさえ思った。でもチーズ・オムレツを作りながら聴いたら、あるいはそれほど深くは感じなかったのかもしれない。ニール・ヤングの音楽って基本的にそういうところがあるから。

ところで僕は昔からアメリカの比較的シンプルなロック音楽が好きで、今のところ気に入っているのはR.E.M.とかレッド・ホット・チリ・ペッパーズとかベックとかウィルコ。この人たちの新譜が出たら、何はさておきCDショップに買いに行く。シェリル・クロウさんもいいです。複雑系のロックは一貫して苦手で、「だって結局はロックなんだもん、むずかしい能書きを言ったってしょうがねーよな」と思っている。

その手の音楽はだいたい車の中で聴く。やはり大きな音で聴きたいし、家だと「うるさい」と苦情を言われるので、一人で運転しているときに誰に気兼ねすることもなく思いきりかけるんだけど、そういうのって気持ちいいよね。とくに僕の車は屋根がついてないので、天気の良い午後に、レッチリをぐいぐいと聴きながらそのへんをひとまわりすると、頭がすかっと抜けて元気になる。あとエリック・バードンとアニマルズの古い曲に『スカイ・パイロット』っていうのがあるんだけど、これをエンドレスでかけながらハンドルを握っていると、異様にハイになる。私見ですが、別の次元に行ってしまいそうな気がする。興味のある方はためしてみてください（シートベルトを忘れないように）。

音楽にはたしかにシチュエーションというのが大事で、台所でおっさんが一人できんぴらを作るときのＢＧＭにはレッチリは向かない。『スカイ・パイロット』も向かない。ここはなんといってもニール・ヤングだ。ぴたっとはまった音楽が背後で流れていると、作業もはかどるし、労働意欲も湧いてくる。でもそんなことを言い出すと、何かをするたびにバックに流す音楽を選ばなくちゃならなくて、それはそれで大変かもしれない。「今日はロール・キャベツを作るんだけど、さーて、音楽は何をかけようか」なんて考えこんでいるうちにずるずると時間がたってしまいそうだ。

僕のあくまで個人的な意見を言わせてもらえれば、ロール・キャベツを作るときは「かつてプリンスと呼ばれたアーティスト」がいいような気がする。エリック・クラプトンはきのこうどんを作るのに向いているし、メンチカツはマーヴィン・ゲイに限るという気がする。根拠は何かと訊ねられてもすごく困るんだけど、でもそう思いませんか？　思いません。そうですか。

（註・この原稿はアマデウス弦楽四重奏団の『モーツァルト初期弦楽四重奏曲集』を聴きながら書いた）

猫の自殺

マルタン・モネスティエというフランス人ジャーナリストが書いた『自殺全書』（原書房）はとても興味深い本で、古今東西の自殺についての膨大な量の事実が一堂に集められ、読んでいて感心したり、溜息をついたり、深く考え込んだりしてしまうのだが、そのうちの一章が各種動物の自殺について割かれている。そうです。人間だけじゃなくて、動物だって自殺することがあるみたいだ。

ローマのフランス人学校の校長に飼われていた雄猫は、フランス大使の飼っていた雌猫にきっぱりと愛を拒絶され、ファルネーゼ館のバルコニーから身を投げた。世をはかなんでかどうかはわからないけれど、見ていた人の話では「どう見ても自殺としか考えられない死に方だった」ということだ。これはあくまで僕の想像に過ぎないけど、フランス大使に飼われていた雌猫カトリーヌ（仮名）はきっとすごい美人で、プライドだってずいぶん高かったんだろう。プラダの首輪しかつけなかったりしてね。それでとなりの雄猫のタマ（仮名）は思い切って彼女に愛を打ち明けたんだけど、「えー、なに、あんたがこの私のこ

とを好きだって？　それって、馬鹿じゃないの。ちょっと身の程を考えなさいよね、身の程を。百万年たってもあんたとなんか一緒になるもんですか。ふん」なんてカトリーヌさんに冷たく言われて、がっくり来たんだろうな。人間の世界ではよくある話だ。

かと思うと、海で投身自殺をした猫もいる。ある漁師の飼っていた雌猫は、年をとって、足に怪我をしたこともあり、だんだんかたくなな性格になっていった。ある日、猫は産んだばかりの子猫を飼い主の漁師に「この子のことはよろしくお願いしますね」という風に託すと、決然と海の方に走っていって、そのまま波の中に入っていった。その猫を――「いささか奇妙な性格の猫だったけれど」と本にはある――深く愛していた漁師は、驚いて自分もあとを追って海の中に入り、苦労して溺れていた猫をたすけあげた。そして身体を拭き、日のあたる場所に寝かせてやった。しかし猫は漁師がちょっとそばを離れたときに、すぐにまた同じ方法で自殺を試み、二度目にはその目的を達したんだそうです。よほど決心が堅かったんだね。

これらの猫たちが本当に明確に「そうだ自殺してしまおう」と決心して、意識的に死を選びとったのかどうか、そのあたりのことをここに書かれている短い文章から結論づけるのはむずかしい。でもその猫たちがその時点で、ある程度「生きる意欲を喪失していた」

ことは間違いないように思える。やはり猫の人生にだっていろいろとつらいことはあるだろうし、「あーあ、生きていくのって面倒だよなあ。もうこんな風にあくせくしたくないよ」とくらいは、漠然とではあったとしても、考えるんじゃないかと推察する。その結果自暴自棄になって、頭が真っ白けになり(切れちゃう、というやつですね)、後先も考えず手すりをぱっと乗り越えることだってたぶんあるだろう。

というわけで、おたくの猫にも気をつけてくださいね。

すき焼きが好き

すき焼きは好きですか？　僕はけっこう好きです。子どものころ「今日の夕御飯はすき焼きだよ」と言われると、とても嬉しかった。

でもどういうわけか、人生のある時点を過ぎてから（どんな時点だろう？）、僕のまわりにはすき焼きの好きな人がひとりもいなくなってしまった。誰に質問しても、「すき焼き？　うーん、そんなに好きじゃないですね」と冷淡な答えが返ってくる。うちの奥さんも「すき焼きなんか五年に一回食べれば、それでいいんじゃない」という人で、したがって結婚してこのかた、ろくにすき焼きを食べた記憶がない。五年に一回といえばオリンピックよりも数が少ないじゃないか。誰か、僕と一緒にすき焼きを食べてくれませんか？　僕は糸こんにゃくと焼き豆腐と葱が好きなので、肉を中心に食べてくれる人だとすごく嬉しいです。いや、ほんとに。

ところでご存じのように、坂本九の『上を向いて歩こう』は、アメリカでは『スキヤキ』という題でレコード発売された。１９６４年のことで、そのときは「ひでえタイトル

をつけるよなあ」とあきれていたんだけど、ビルボードの第一位を三週間続けるという圧倒的なヒットを記録し、その結果この曲は「スキヤキ・ソング」として世界中に認知されてしまうことになった。今でもアメリカでオールディーズ専門のFM局に合わせていると、ときどきかかる。アメリカ大陸を車で横断していて、ミネソタのだだっぴろい平原の真ん中で、この「スキヤキ・ソング」が流れてきたときには、胸がじーんとしてしまった。良い曲ですよね。僕は「スキヤキ・ソング」を日本の国歌とまではいわずとも、準国歌にすればいいのにと長年にわたって主張しているんだけど、いかがでしょうか?

どうして『上を向いて歩こう』が『スキヤキ』になったのか前々から疑問に思っていたんだけど、この前ある本を読んで疑問が氷解した。ケニー・ボール楽団というイギリスのディキシーランド・ジャズのバンドが、この曲を最初に録音したとき、"uewomuite-arukoh"という題がみんなどうしても覚えられなくて、スタジオで誰かが「面倒だから『スキヤキ』って呼ぼうや」と言い出して、それがそのままレコードのタイトルになってしまったということだ。アメリカで坂本九のオリジナルが発売されたときにも、そのタイトルが流用された。たしかに乱暴なタイトルなんだけど、それはそれでよかったのかもしれない。覚えやすいし、親しみがもてる。おまけに僕はすき焼きが好きだから、「べつにそれでいいじゃん」とすぐに納得してしまう。

ところでその『スキヤキ』がヒットしたあとで、鈴木章治の『鈴懸の径』が『スシ』というタイトルでアメリカ発売されたことをご存じですか？　残念ながらこちらはあまりヒットしなかった。しかし『テンプラ』とか『サシミ』とかいろんなのが次々にヒットしたらきっと面白かっただろうな。ラジオを聴いているうちにやたら腹が減ってきたりしてね。と書いているうちに、すごくすき焼きが食べたくなってきたよ。

太巻きと野球場

僕は18歳のときに大学新入生として東京に出てきて以来、一貫してヤクルト・スワローズのファンをやっている。当時は産経アトムズという名前で、とてつもなく弱かった。いつも最下位か、せいぜい4位か5位だった。どうしてこんな弱小チームを応援することになったかというと、早い話神宮球場が好きだったからだ。球場も好きだったし、球場のまわりのたたずまいも好きだった。だから結果的に（今の）スワローズを応援することになった。もちろん反巨人ということもあったんだけど、それにしてもどうにも情けない試合が多くて、外野席の芝の上でよく涙したものだった。

このあいだ医学の本を読んでいたら、「ひいきのスポーツ・チームが勝ったりすると、人間を元気にし活性化する何かの分泌物が、体内でより多く分泌される」という記事があって、愕然としてしまった。ということはつまり、この32年間の通算勝率を比べてみると、僕はヤクルト・ファンになるより巨人ファンになっていた方が、遥かに充実した人生を送れたんだということになりますよね。それってちょっと余りな話だ。今更そんなことを言

われても困るんだ。おい、僕の人生を返してくれ、僕の大事な分泌物を返してくれ、と大きな声で叫びたくなる。

昔青山に、神宮球場に行く前に立ち寄る鮨屋があった。そこでお弁当に、特製太巻きを作ってもらった。夕方の6時前なので客はほかにいないし、親方も店に出ていない。カウンターでビールを飲み、白身魚の刺身をつまみながら、顔見知りの若い職人が大きな太巻きを作るのを眺めていた。ほど遠くない場所で、やがて野球の試合が始まる。そういうのって、人生の小確幸（小さいけれど確かな幸せ）というべきか。

うちの奥さんは野球を見に行かないので、ときどきよその女の子を誘って球場に行った。「今日は（珍しく）デートですね」と職人が声をかけて、「そうだよ」と答えた。外野席に座って夏の夕暮れの風に吹かれ、紙コップの生ビールを飲み、作りたての太巻きを分けた。そのころはまだそんな風に、「野球？　うん、いいよお。見に行こう」と気軽に催しものにつきあってくれる独身の女の子がまわりにちょこちょこといたんだけど、最近はそういうこともなくなってしまった。みんな結婚して子供を作って、野球見物どころじゃない日々を送られているようだ。僕がしばらく外国で暮らしているあいだに、ヤクルトの選手もほとんど世代交代してしまった。人生は人の事情にはおかまいなく勝手に流れていく。

太巻きをいつも作ってくれた若い職人もずいぶん前に独立して、どこか遠くに移ってしまい、いつしかその鮨屋にも足を運ばなくなった。

でも太巻きっていいですよね。あなごやらイカやら卵焼きやら三つ葉やらかんぴょうやら、いろんなものがみんな一緒にひとつの布団に潜り込んでいるみたいで、見ているだけで心愉しい。ところで、だいたいにおいて女の人は、太巻きの両端の飛び出たところが大好きみたいだけど、どうしてだろう？

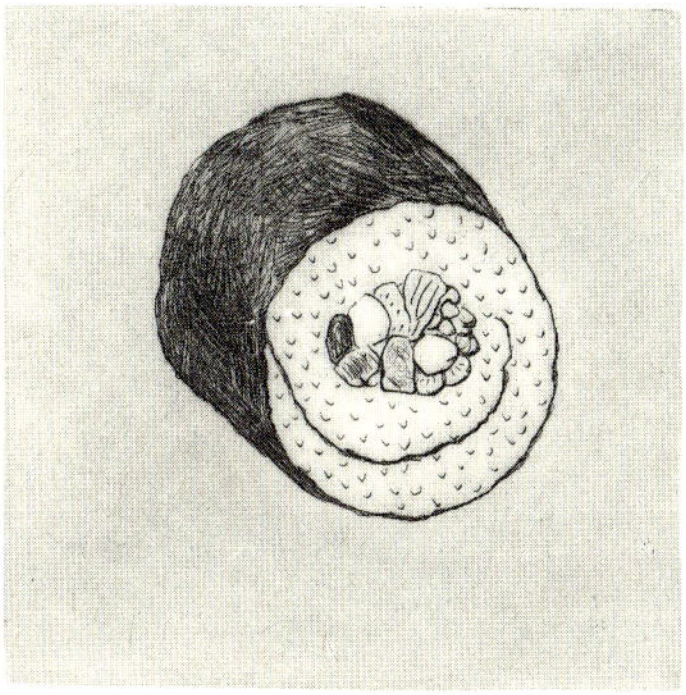

30年前に起こったこと

引っ越しをして、書庫のようなものができたので、段ボール箱に詰めたまま長いあいだ倉庫に預けっぱなしにしていた古い雑誌の山を、やっと手元に引き取ることができた。こんな重くてかさばるものをいつまでも抱えていられないし、適当なところで処分しなくちゃなと思いつつ、今の今まで捨てきれずに持ち歩いていたわけです。１９７０年前後の「平凡パンチ」だとか「映画評論」だとか「太陽」だとか「日本版ローリングストーン」だとか「宝島」だとか。「平凡パンチ」はまだ大橋歩さんがカラフルな表紙を描いている頃のものだし、「anan」も創刊号から何年分か揃っていたんだけど、十五年くらい前に飼っていた雌猫がヒステリーを起こしておしっこをかけて、ずいぶん駄目にしてしまった。惜しいことをした。猫のおしっこって臭いものね（人間の女の人もときどきヒステリーを起こすけど、今のところ本におしっこをかけたりはしない）。

いや、懐かしいなと思いつつ、古い「平凡パンチ」を手にとってページをめくっていたら、ジョン・レノンがインタビューで怒りをぶちまけたという記事があった。ビートルズ

は既に解散していたけど、レノンはまだ元気に生きていた。何をそんなに怒っているかというと、「俺たち（ビートルズの）四人はこれまでだいたいにおいて、女をみんなでまわして共有してきたんだ。なのにあいつら三人は、ヨーコにだけは一度も手を出さなかった。それってひどい侮辱じゃないか。そのことで俺はずいぶん頭にきてるんだ」ということだ。そうか、そんな'60年代的な経緯があったのか。世の中にはいろんな腹の立て方があるものですね。でもほかのみんながヨーコさんに手を出さなかった気持ちもなんとなくわかるなあ。

パンティーストッキングが登場したのもこの頃のことで、おかげでデパートの下着売場でパンツがあまり売れなくなったという記事も出ている。パンツをはかずにパンティーストッキングをじかにはいちゃう女の子が増えたせいだ、ということ。ふうむ。世の中には紆余曲折というものがあるんだね。

吉本隆明さんの特集もあった。当時の「平凡パンチ」にはけっこう硬派な部分があり、政治的な記事も多かったのだ。吉本さんはその頃、気鋭の思想家として若者のあいだでカリスマ的な人気があった（今でもあると思いますけど）。タイトルは「吉本隆明・謎の私生活の全貌」である。記事によると、吉本さんのお宅で食べているお米は自主流通米なんだそうです。「それが『謎の私生活』なのかよ」と言いたくなるけど、わざわざ近所のお米屋さんに取材して調べたということだから、努力は認めよう。その一年前に江藤淳さんが吉本さんを銀座の高級クラブに招待したというエピソードも紹介されていた。同席した人の話によれば、「吉本さんはホステスの失恋の身の上話を聞いてやって、恋愛とはこういうものだ、なんて話してましたね」ということだ。ふうむ。

こんな風に昔の雑誌を読み始めると、知らないうちにずるずると時が流れて、引っ越しの片づけがいつまでたっても終わらない。困ったもんだ。でもやめられないんだな。

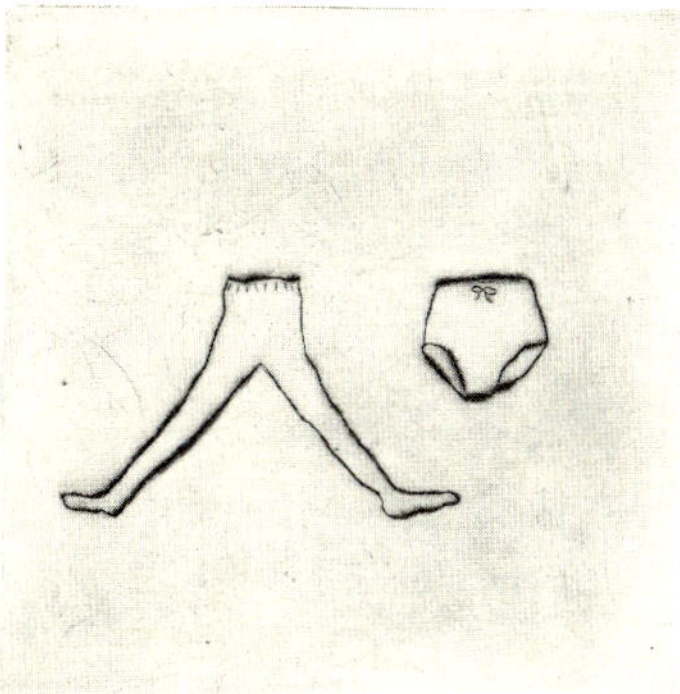

世界は中古レコード店だ

僕の趣味は古いLPレコードのコレクション。守備範囲は主にジャズで、世界中どこに行っても暇があれば中古レコード屋を探す。このあいだストックホルムに三日滞在して、三日間レコード屋に入り浸っていた。そのあいだうちの奥さんはアンティック食器店に入り浸りになって（それが彼女の趣味なのです）、おかげで二人で買い込んだレコードと食器の重さで、帰りは死ぬ思いだった。ストックホルムまで行きながら、市内観光なんて何もしなかった。変な夫婦だよね。

良き中古レコード店を探し当てる最良の方法は、とにかく地元の人に訊ねることだ。「どこかに中古レコード屋ありませんか？」と質問してまわる。市内地図を用意して場所にしるしをつけていく。異国の街の地下鉄を乗り継ぎ、バスに乗り、重い荷物を抱えて長い距離を歩く。ルートを設定して一日に何軒もまわる。レンタカーを借りることもある。行ってみたら定休日だったり、ヘビメタ専門だったりすることもあるけれど、それでもぜんぜんめげない。「こういうことになるとマメだよなあ」と自分でもつくづく感心する。

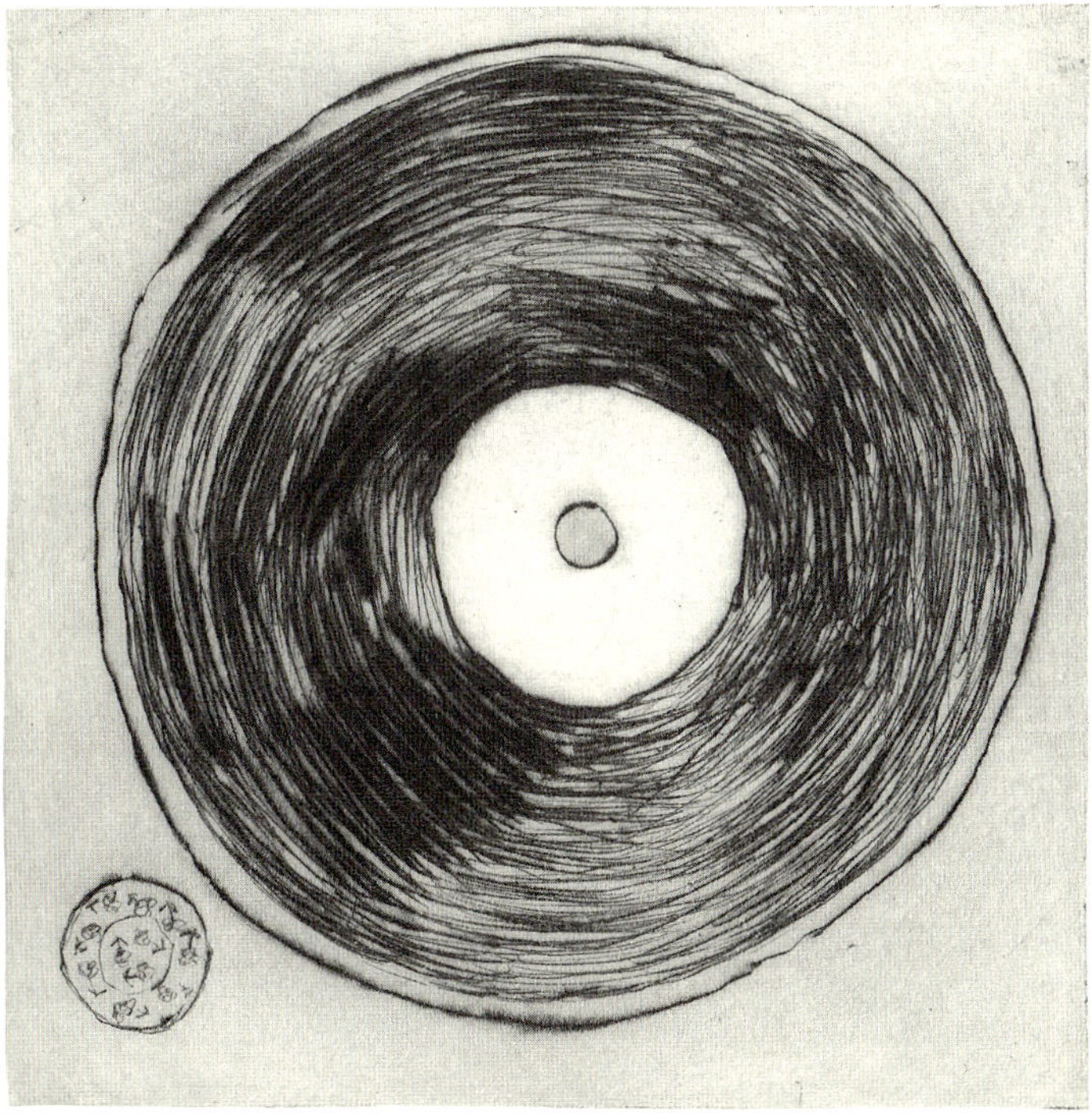

それだけのエネルギーをもっと有益なことに注ぎ込めないものだろうか。

こっちもかなり変だけど、中古レコード屋の経営者って、それに輪をかけて変な人が多い。ストックホルムのレコード屋の親父は、頭がはげて偏屈そうな顔をしていて、最初は愛想が悪かったんだけど、三日通うと（それくらい沢山のレコードがあった）さすがに感心したらしく、「おい、もっといいもの見たくないか？」と言い出した。「もちろん見たい」と言うと、奥の倉庫みたいな部屋に通してくれた。するとそこにも表と同じくらい沢山のレコードがあるんですよね（笑）。

簡易ベッドと、コーヒーを作れる程度の洗い場もついている。どうもここに一人で寝泊まりして、夜も昼もなくレコードを整理し、盤質を調べ、値段をつけているらしい。そういう整理前のレコードがどかっと積んである。棚には、店頭に出すのが惜しいブツが秘蔵してある。レコードは演奏家別に整理され、愛情を込めて大事に扱われている。まったくこのおっさんはどういう人生を送っているんだといくぶん心寒くなったけど、僕もあまり人のことを言えた義理ではないので、お言葉に甘えて丸一日そこで心ゆくまでレコードを探させてもらった。それは楽しかったです。考えてみれば、通り一遍の観光をするよりは、中古レコード屋の奥の倉庫で一日を潰した方が、よほど「旅をした」という手応えがあるかもしれない。「世界は舞台だ」とシェイクスピアは看破したけど、世界はまた中古レコード店でもあるのだ——と村上は断言してしまいたい。

長年にわたって中古レコード屋に通っていると、ジャケットに手を触れて匂いを嗅いだだけで、どの時期に発売されたものかおおむねわかるようになる。重さとか紙の手触りなんかで、「これはオリジナルだ」とか「これは再発だな」とか瞬時に見分けがつくのだ。くどいようだけど、これだけの熱意をもう少し有益なことにまわせればねえ…。

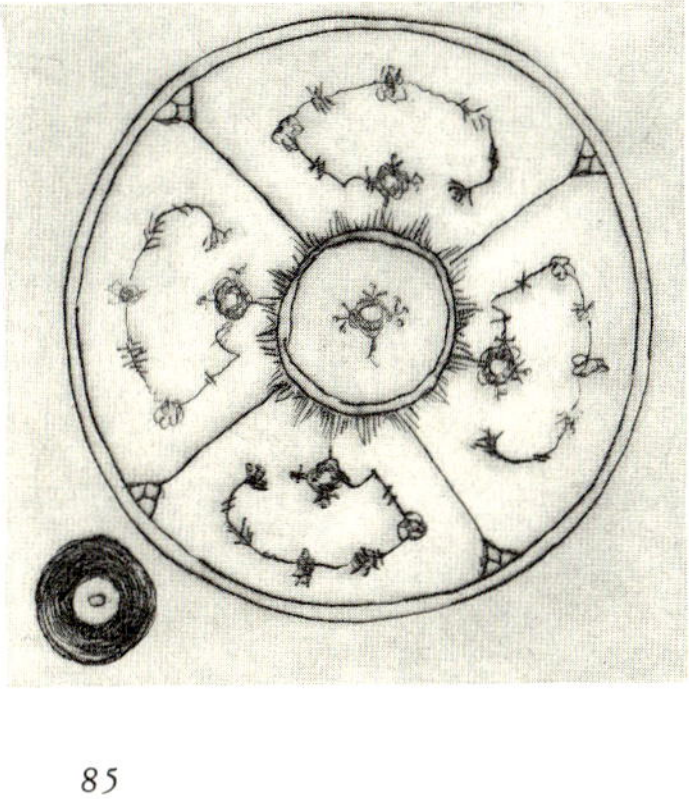

オーバーの中の子犬

もちろん世の中にはいろんな不快なこと気にくわないことがあるけれど、僕の場合顔写真を撮られるくらい嫌なことはない。昔から写真に写っている自分の顔がどうしても好きになれなかった（写真に写っていなくたってべつに好きじゃないけど、とりわけもっとということです）。だから顔写真撮影を要求されるような仕事は、なるべくお断りするようにしているんだけど、でもポール・マッカートニーさんも歌っておられるように、人生は長く曲がりくねった道だから、断りきれない場合だって出てくる。

どうして写真に写った自分の顔が好きじゃないかというと、カメラを向けられたとたん、ほとんど反射的に顔ががちがちにこわばってしまうからです。「はい、力を抜いて笑ってくださいね」なんて言われると、緊張してよけいに肩に力が入って、笑いは死後硬直の予行演習みたいになってしまう。

トルーマン・カポーティが作家としてデビューしたとき、本の裏表紙に使われた顔写真はものすごく（病的なまでに）美しくて、それが世間の——とくに一部方面の——評判を

呼んだ。誰かに「カポーティさん、美しく顔写真を撮られるコツはなんですか？」と質問されたときに、彼はこう答えた。「そんなの簡単だよ。君の頭の中を、美しいものでいっぱいにすればいい。美しいもののことだけを考えるんだ。そうすれば誰だって美しい顔に写る」。でもそんなに簡単なことじゃないんですよね。実際にためしてみたけど、ぜんぜんうまくいかなかった。たぶんカポーティさんのほうが特殊なんだと思う。

ただしそんな僕でも、動物と一緒に写真を撮られると、不思議なくらいリラックスした顔つきになる。猫でも犬でも兎でもラマでもなんでもいいけど、手の届く距離に動物がいると、わりに自然ににっこりとしている。そのことにこのあいだ気がついた。同じ一人の人間が、動物がいるいないというだけで、こんなに顔つきが変わるものなのかと。

今さらハンサムになりたいとは思わないけれど（というか、思ったところでどうなるものではないけれど）、常にそばに小動物がいるような穏やかな顔つきで、心楽しく日々が送れたらいいだろうな、とは思う。岸田今日子さんが歌っていた童謡に『こいぬはなぜあったかい』というのがあった。僕はこの歌が好きなんだ。作詞は岸田衿子さん。

こいぬは　なぜ　なぜ　こいぬは　やわらかい？

こいぬを　オーバーに　しまって　あるこうよ。
こいぬ　こいぬ　ちび　なぜ　こいぬは　やわらかい？

そうですね。いつもオーバーの中に子犬を入れているような、ほのぼのとした気持ちで日々を送れるといいだろうな。実際にオーバーの中に子犬を入れて生活するのは、かなりむずかしそうだけどね。

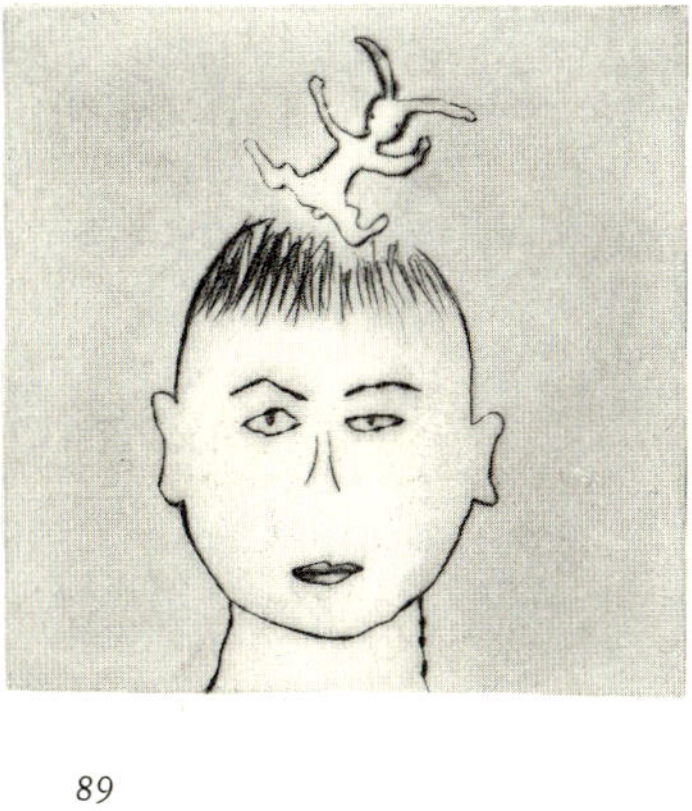

ヴァージニア・ウルフは恐かった

サリー・ケラーマンという女優をご存じですか？　ロバート・アルトマン監督の『M★A★S★H』というコメディー映画に、つんつんして気取っているけど、ほんとはエッチなことが大好きな美人看護婦「ホットリップス」の役で出ていた人です。味のある個性的な女優だったんだけど、最近はとんと見かけなくなった。

ボストンにいるときに、彼女の主演する芝居『ヴァージニア・ウルフなんか恐くない』の公演があったので、「懐かしいな」と思って一人で見に行った。アメリカの場合、俳優があまり映画に出なくなって、どうしたのかなと思っていたら、演劇中心の活動をしていたということはよくある。

この芝居は全編台詞の洪水で、口汚いののしりあいも多く、台詞を聞き取るのは容易ではない。でもその昔エリザベス・テイラーの主演した映画も見たし、オルビーの戯曲も英語で読んだことがあるので、おおよそは理解できる。場所は「ザ・ヘイスティング・プディング」という、ハーヴァード大学に属する小ぶりな劇場だった。僕は前から10番目くら

いの、真ん中の席に座って開演を待った。席はほぼ埋まっている。

で、芝居が始まったんだけど、舞台に神経を集中することができない。シートの中で身体がもぞもぞと落ちつかない。何故かというと、ケラーマンさんが正面を向くたびに、僕の目をのぞき込んでいるような気配を感じたからです――すごく濃密に。最初は思い違いだろうと気にしないように努めていたんだけど、時間が経つに連れてそれははっきりした確信へと変わっていった。彼女は客席を向いて台詞をしゃべるときには、いつも必ず僕の目をじっと見ている。僕に向かってまっすぐ個人的に語りかけているのだ。

僕は舞台に立ったことがないのでわからないけど、俳優によっては演技をするとき、客席の中から誰か一人を選んで、そこに視線を固定するのかもしれない。ひとつの演技テクニックとして。まわりにいる観客はみんなインテリっぽい白人で、東洋人は僕一人だった。だから彼女が客の中から、僕を識別しやすい「定点」としてとりあえず選んだとしても、まあ不思議はない。

そんなわけで、僕の頭は最後までひじきのように千々に乱れて、芝居の出来がどうだったかまったく思い出せない。もちろんすべては僕の思い過ごしであり、ケラーマンさんは実は5メートル以上離れると奄美の黒兎とボウリング・ボールの見分けもつかない強度の近視で、僕の顔なんか何も見えてなかったという可能性だってあるだろう。しかしいずれにせよ落ちつかなくて、とても芝居どころじゃなかった。あー、疲れた。

生身の人間が目の前で動く演劇には、特殊な生命力がある。僕はあまり熱心に芝居を見る人間ではないけれど、たまに気が向いて足を運ぶと、映画やコンサートとは違う種類のスリルがあって面白い。こんな風にぐったりしちゃうこともたまにあるけど、しかしまあひとつの思い出にはなるね。

夕方のひげ剃り

昔（今でもやっているのかな）ある電気シェーバーのメーカーが、朝通勤途中のサラリーマンをつかまえて、路上でひげを剃らせる実演広告をやっていた。新たに刈り取られた自分のひげを見て、「さっきかみそりで剃ってきたばかりなんだけど、けっこう剃り残しているものなんですねえ」と感心する内容だった。広告だから当然作りものなんだろうけど、わりにリアリティーがあった。

僕はたまたまこのメーカーのシェーバーを使っていて、ときどき広告とは逆のことをする。まず電気シェーバーでひげを剃り、しばらくしてからもう一度普通のかみそりで剃りなおすわけだ。なぜわざわざそんな面倒なことをしなくてはならないのか？　まず第一に暇だから、第二に好奇心があるから。前にも言ったけど、要するにそういうタイプの人間が小説家になるのだろう。

結論から言うと、こちらの順番でもやはり剃り残しは出る。理由はよくわからないんだけど、普通のかみそりと電気シェーバー、どちらにも、剃り方の癖、得意分野と不得意分

野とがあって、それぞれに剃り残すスポットができちゃうみたいだ。加えて朝は忙しいから、どんな方法で剃るにせよ「時間をかけて完璧にひげを剃りました」という人は多くないだろう。そういう意味ではこの広告は一面において真実なんだけど、べつの一面の真実にはあえて触れていないんじゃないかと、えーと、愚考します。たとえ些細なことでも、複数の視点から実証的にものを考えてみるのって大事ですよね。

僕は普段は朝に一度ひげを剃るくらいだけれど、たまに夕方にもひげ剃りをする。たとえば夜コンサートに行くとか、ちょっと大事な人と食事をするとか、そんな場合。僕はほとんどナイトライフのない農耕民族的な生活を送っているので、頻繁にとは言えないが、まあ月に一度か二度くらいはそういうことがある。もちろん面倒と言えば面倒なんだけど、夕方のひげ剃りはそれなりに雰囲気のあるもので、「さあ、これからお出かけなんだ」という改まった心持ちになる。少なくとも朝のひげ剃りのようなただの義務的、習慣的な行為ではない。そこにはひとつの生きる実感のようなものがある。

こういうときはやはりタオルで顔を温め、シェービング・クリームを使って、かみそりでゆっくりと心静かにひげを剃りたい。それから丁寧に顔を洗ってクリームを落とし、鏡で剃り残しを点検する。アフターシェーブのローションをつけ、かすかな「ひりひり感」

を楽しみながら、アイロンをかけたばかりの新しいシャツに着替え、着馴れたツイードの上着を着て、革靴を履く。そういうときに、もし駅前で「こんにちは。お忙しいところを申しわけありませんが、このシェーバーでもう一度ひげを剃っていただけますか？」なんて声をかけられたら、いくら温厚な僕でも「ええい、うるさい。向こうに行け！」と怒鳴るんじゃないかという気がするな。

ドーナッツ

今回はドーナッツの話です。ですから、今まじめにダイエットをしているという人はたぶん読まない方がいいと思います。なんといってもドーナッツの話だから。

僕は昔から甘いものがあまり好きではない。でもドーナッツだけは例外で、ときどきわけもなく理不尽に食べたくなることがある。どうしてだろう？　思うんだけど、現代社会においてドーナッツというのは、ただ単に真ん中に穴のあいた一個の揚げ菓子であるに留まらず、「ドーナッツ的なる」諸要素を総合し、リング状に集結するひとつの構造にまでその存在性を止揚されているのではあるまいか…、えーと、だから早い話、ただドーナッツがけっこう好きなんだということです。

僕がボストン郊外にあるタフツ大学に「居候小説家（ライター・イン・レジデンス）」として在籍していたとき、大学に行く前によくドーナッツを買った。途中の道筋にあるサマーヴィルのダンキン・ドーナッツの駐車場に車を停め、「ホームカット」をふたつ買い求め、持参した小さな魔法瓶に熱いコーヒーを詰めてもらい、その紙袋をもって自分のオ

フィスに行った。そこでコーヒーを飲み、ドーナッツを食べ、半日机に向かって本を読んだり、ものを書いたり、訪ねてきた学生と話をしたりした。お腹が減っているときには、車の中でそのままドーナッツをかじることもあった。おかげでそのころ僕が運転していたフォルクスワーゲン・コラードの床には、ドーナッツのかけらがいつもこぼれていた。自慢じゃないけど、シートにはコーヒーのしみだってついていた。

ところでドーナッツの穴はいつ誰が発明したかご存じですか？　知らないでしょう。僕は知っています。ドーナッツの穴が初めて世界に登場したのは１８４７年のことで、場所はアメリカのメイン州のキャムデンという小さな町。とあるベイカリーで、ハンソン・グレゴリーという15歳の少年が見習いとして働いていました。その店では揚げパンを毎日たくさん作っていたんだけど、中心に火が通るまでに時間がかかって効率が悪かった。それを見ていたハンソン君はある日、パンの真ん中に穴をあければ、熱のまわりがずっと早くなるんじゃないかと思って実行してみた。すると揚がる時間もたしかに早くなったし、出来上がった輪っか状のものも、かたちこそ奇妙だけど、かりっとしておいしくて食べやすかった。「おいおい、どうなっとるんかね（駄洒落）、ハンソン？」「うん、これって悪くないですよ、旦那」。というような次第でドーナッツが誕生した。そんな風にさっき見てきたみたいにきっぱりと説明されちゃうと、「おいおいほんとかよ」と眉に唾をつけたくなるけどちゃんとした本に載っていたから本当の話みたいだ。

揚げたてのドーナッツって、色といい匂いといい、かりっとした歯ごたえといい、何かしら人を励ますような善意に満ちていますよね。どんどん食べて元気になりましょう。ダイエットなんて、そんなの明日からやればいいじゃないですか。

版画

ドビュッシーに『版画』という曲がある。三つの部分に分かれていて、最初が「塔（パゴダ）」、二つ目が「雨の庭」、最後が「グラナダの夜」、それぞれの異国的な情景を、ピアノが印象派の絵のように音で細密に描写していく。美しい曲なので、機会があったら聴いてみてください。

僕は高校生のときにスヴィアトスラフ・リヒテルというピアニストのレコードでこの曲をよく聴いていた。何度も何度も何度も、レコードがぼろぼろになるまで繰り返し聴いて、隅々まで記憶した。リヒテルは冷戦時代のソビエトの人で、それまで西側にほとんど姿を見せたことのない幻のピアニストだったんだけど、1960年前後に初めて外国に演奏旅行をし、イタリアでライブを録音した。この『版画』もそのときの演奏なんだけど、それはそれは素晴らしい演奏です。強靱なタッチでありながら、きわめてセンシティブで、しかもなんかどろんとした情念のようなものが奥底に漂っている。ひとくちでいうと「鬼気迫る」とでも言えばいいのだろうか。いわゆるドビュッシー的というのとはちょっと違う

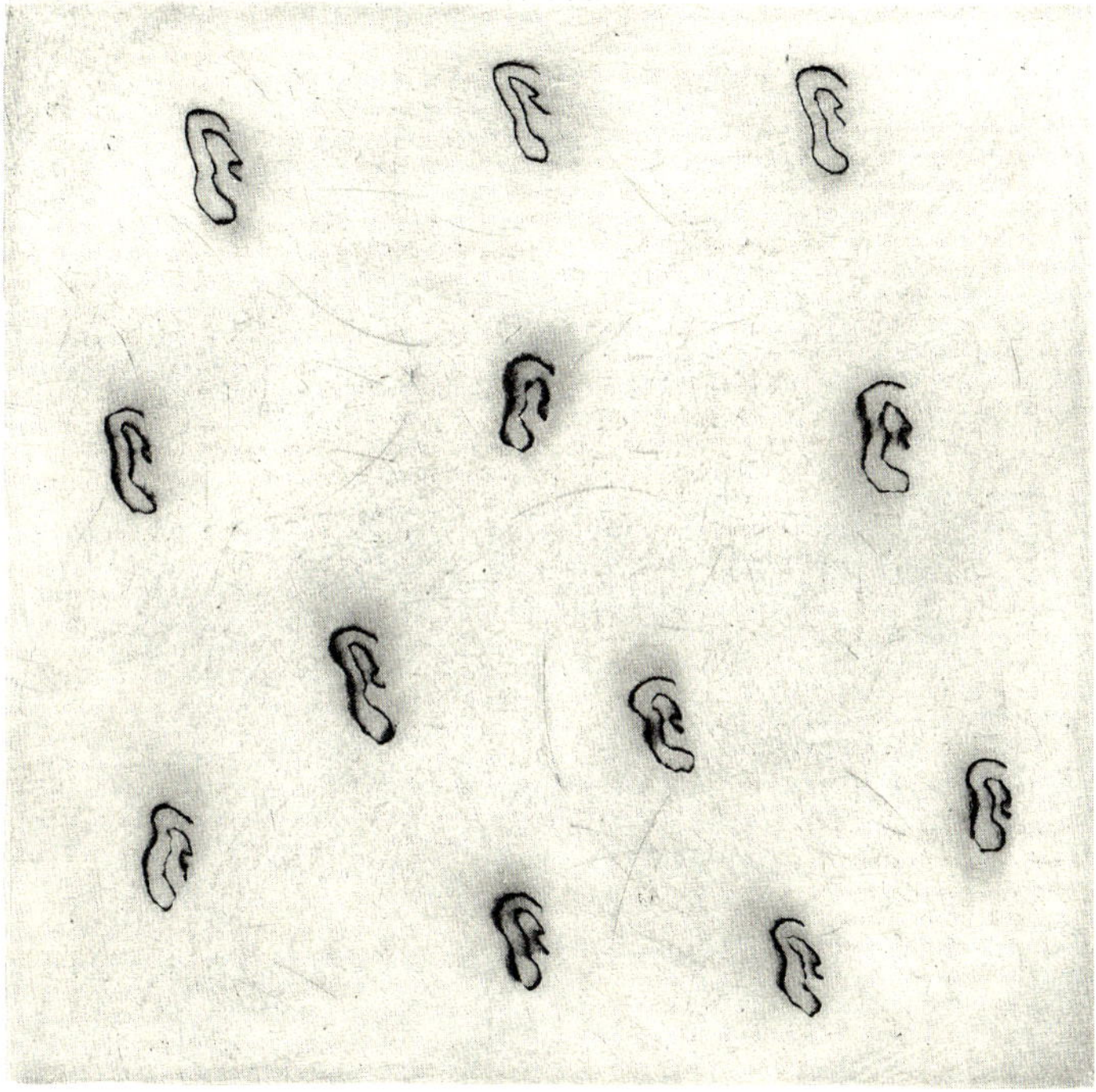

かもしれないけど、僕は今でもすべての『版画』の演奏の中で、リヒテルのこのときの演奏が個人的にはいちばん好きだ。

ところでこのリヒテルの演奏はライブ録音なので、曲の最後に聴衆の拍手が入っている。この拍手がまたいいんですよね。さすがイタリア人、曲の最後の一音が空気に吸い込まれて消えるか消えないかというところで、ちょうどオペラのアリアに対するときのような絶妙のレスポンスで、うわあああという熱狂的な拍手と歓声が飛び込んでくる。観衆がどれくらい深くその演奏に魅せられていたかが、ひしひしと伝わってくる。本当の拍手とはこういうもんだという、見事な拍手です。そんなわけで僕の頭の中には、拍手までもが演奏と込みでしっかりインプットされてしまった。

それである日、学校から課外授業でコンサートにつれて行かれたと思って下さい。ある有名な日本人の女性ピアニストのリサイタルで、プログラムにたまたまドビュッシーの『版画』が入っていた。そりゃリヒテルの演奏ほど感動的ではないけれど、公正に言って、また別の味わいのあるエレガントな演奏だった。演奏が終わったとき、もちろん僕は拍手した。でもまずいことに、音楽に没頭していたので、その拍手をついリヒテルのレコードに録音されている拍手と同じタイミングでやってしまった。つまり「曲の最後の一音が空気に吸い込まれて消えるか消えないか」というところで、反射的にわあっと手を叩いちゃったわけです。これはほんとに恥ずかしかったんですよ。ここは日本なんだ。そんなところで拍手をする人間はほかにいない。穴があったら入りたかった。

今でもときどきリヒテルの『版画』は聴くけれど、拍手が入るとそのときのことを思い出して顔が赤くなってしまう。人生には感動も数多くあるけれど、恥ずかしいことも同じくらいたくさんある。でもまあ、人生が感動ばかりだときっと疲れちゃいますよね。

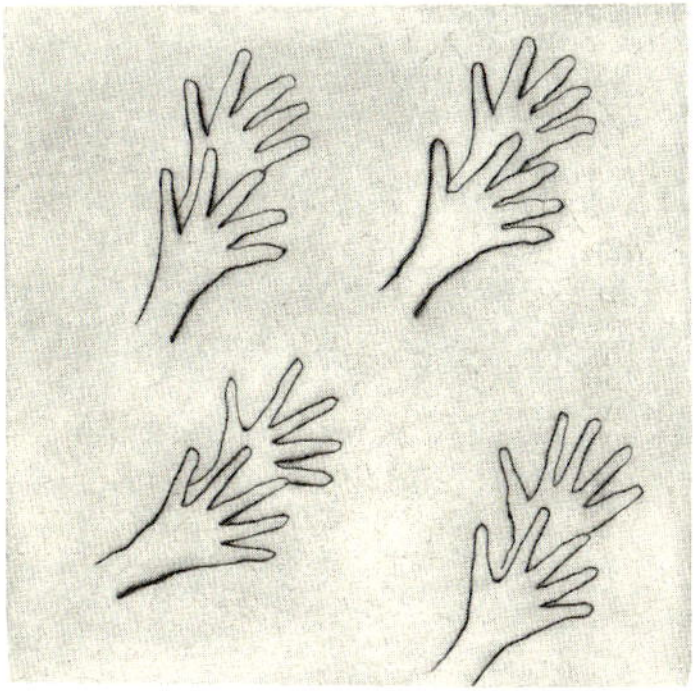

かなり問題がある

30歳になる少し前に、何の脈絡もなくふと「小説を書こう」と思いたって、それがたまたま文芸誌の新人賞をとった。だから習作というのがない。初めて書いたものから全部そっくり「商品」になった。そのときは「まあ、そんなものだろう」と気楽にかまえていたんだけど、今にして考えれば、ずいぶん厚かましいことだったんだ。

えーと、これ自慢話じゃないですよ。ただ事実を書いているだけ。

「受賞が決まりました」という連絡があり、音羽にある出版社に行って担当の編集者と会った。それから出版部長（だかなんだか）のところに行って挨拶をした。普通の儀礼的な挨拶だ。そうしたら「君の小説にはかなり問題があるが、まあ、がんばりなさい」と言われた。まるで間違えて口に入れてしまったものをぺっとそのへんに吐き出すような口調だった。この野郎、部長だかなんだか知らんけど、そんな偉そうなものの言い方はないだろう、とそのときは思った。普通、思いますよね。

どうしてそんな言い方をされたかというと、僕の書いた『風の歌を聴け』という小説が

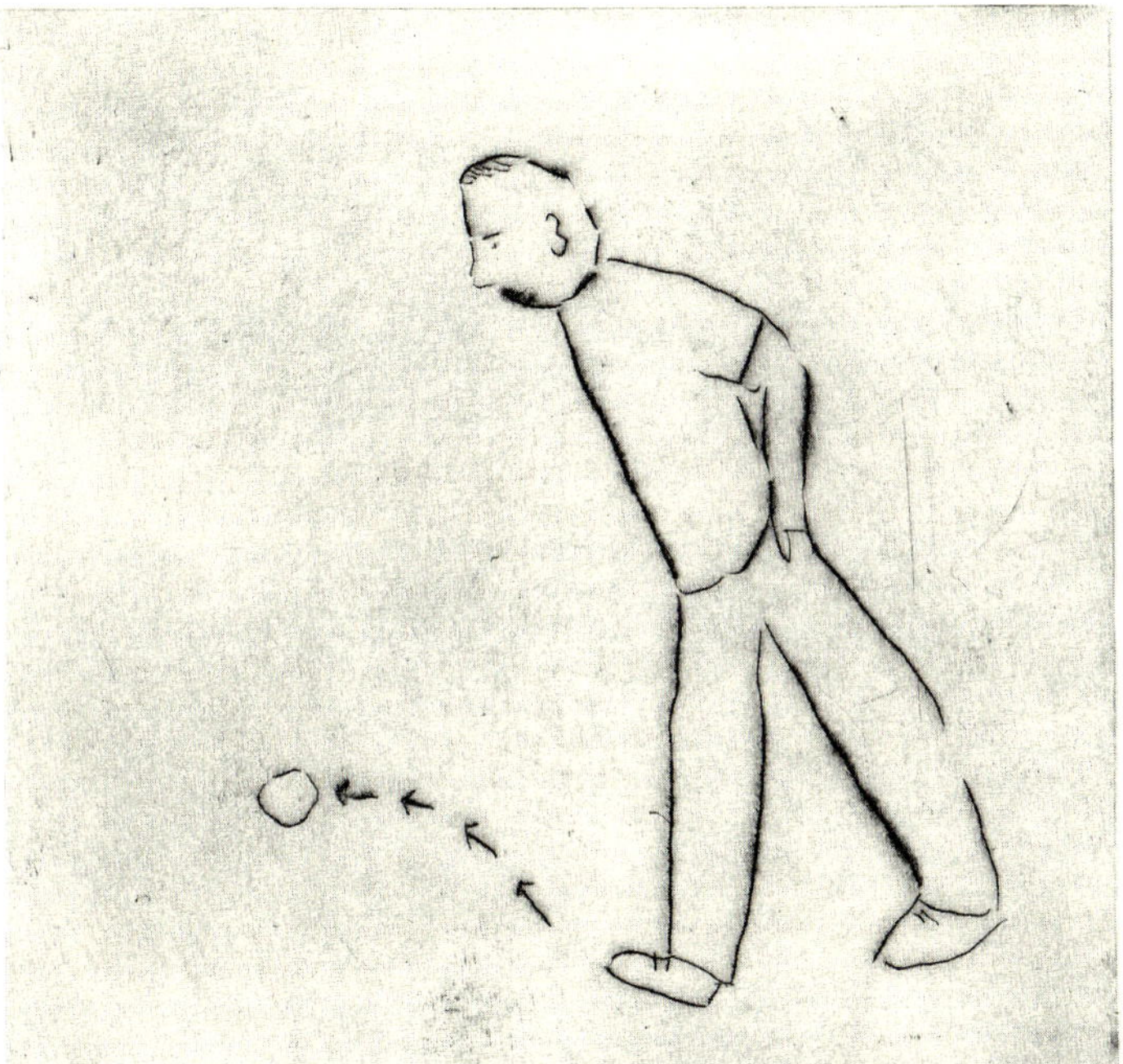

けっこう物議をかもしていたからです。出版社内部でも「こんなちゃらちゃらした小説は文学じゃない」という声があった。そりゃまあそのとおりかもしれない。でもいやいやながら賞をくれるにしても、どうせくれるのなら、うわべだけでももうちょっと愛想良くしたっていいじゃないかと思いましたよ。

しかし時移り今、夕暮れにひとり庭椅子に座って、人生をつらつらと振り返ってみると、僕という人間にも、僕の書く小説にも、かなり問題があった（そして今でもある）ことは確かだという気がしてくる。だとしたら、かなり問題を抱えた人間がかなり問題を抱えた小説を書いているんだもの、誰に後ろ指をさされてもしょうがないよな、と思う。そういう考え方をすると、いくぶん気が楽になる。人格や作品についてどんなに非難されても、「すみませんね。もともとかなり問題はあるんですよ」と開き直れるんだもの。不適切なたとえかもしれないが、台風や地震がみんなに迷惑がられても、「しょーがねーだろ。もともとそれが台風（地震）なんだからさ」と言うしかないのと同じことだ。

先日ドイツの新聞社から手紙が来た。人気のあるテレビの公開文芸批評番組で僕のドイツ語訳『国境の南、太陽の西』が取り上げられ、レフラー女史という高名な文芸評論家が「こんなものはこの番組から追放してしまうべきだ。これは文学ではない。文学的ファースト・フードに過ぎない」と述べた。それに対して80歳になる司会者が立ち上がって熱く弁護した（してくれた）。結局レフラー女史は頭に来て、ふん、こんな不愉快な番組になんか金輪際出演するものですかと、12年間つとめたレギュラー・コメンテーターの座をさっさと降りてしまった。それについてムラカミさんはどう考えますか、という質問の手紙だった。「だからさ、もともとかなり問題あるんですよ、ほんとの話」と僕はすべての人々に忠告したいんだけど。

おせっかいな飛行機

夏の終わりに飛行機に乗って北海道に行った。というといかにも楽しそうだけど、実はそんなことぜんぜんないんです。千歳空港のすぐ近くにあるホテルに泊まって、その近辺で夜遅くまでかけて用事を済ませて、翌朝の便でそのまま羽田に帰ってきた。忙しいから食事もホテルの中で適当に済ませた。僕は大きな声で正々堂々と断言するけど、いくら仕事とはいえこんなしょうもない旅行は——離着陸する飛行機を地上からほぼ実物大のサイズで見たいという人を別にすれば——ちょっとない。

だからせめて読みかけの本を持っていって、行き帰りの飛行機の中で集中して読んでしまおうと思った。でも読めないんだよね、これが。どうしてかというと、あまりにも頻繁に邪魔が入るから。僕が乗ったのはＪＡＭ（仮名）という航空会社なんだけど、数えてみたら、離着陸の際に必要とされる情報以外に、思い出しただけでこれだけのアナウンスと各種機内サービスがあった。

(1)ＪＡＭカードのご案内。ＪＡＭカードに入るとどんなに便利で、どんなに多彩なサービスが受けられるかという説明がえんえんと続く。
(2)枕はお使いになりますか。新聞はお読みになりますか。雑誌は？（すべてノー）
(3)機長の挨拶（ただいま仙台上空を、当機は、えー、通過いたしております。予定より5分ばかり遅れております。えー、まもなく右手の窓から、んー、何かが見えます）
(4)飲み物サービス。及び「お客様、お代わりはいかがですか？」
(5)お饅頭のサービス。いらない。
(6)ただいまから正面画面で今朝のＮＨＫニュースが放映されます。みなさまお手元のヘッドフォンのチャンネルの1番をご使用くださいませ。
(7)胸元で素敵なＤの字が揺れる、ファッショナブルなクリスチャン・ディオール特製のＴシャツをご用意しました。また、ＪＡＭキャビン・アテンダントが愛用しているショルダーバッグを、サマー特別キャンペーンとして、特別におわけいたしております。
(8)キャンディー・トレイのサービス。いらない。
(9)別れの挨拶。これはあってもいいんだけど、内容がけっこう濃ゆい。「夏もそろそろ終わりに近づき、赤いサルビアの花が、まるで美しいじゅうたんのように街のあちこちを彩り、私たちの目をなごませてくれます。みなさまもどうか夏ばてなさらないように、お気をつけになってお過ごしくださいませ。本日はＪＡＭをご利用いただき……」

たった一時間の飛行のあいだにこれだけ次から次へと集中がさまたげられたら、本なんてとても読めたものじゃないですよ。ああ、あの「空飛ぶ布団部屋」みたいな不愛想きわまりないモンゴル航空がどんなに懐かしかったことか。

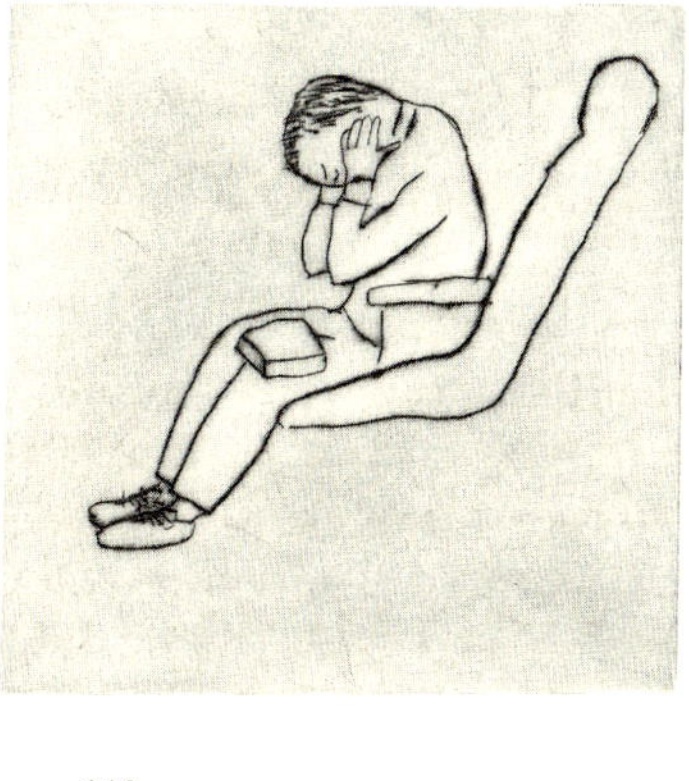

コロッケとの蜜月

昔「コロッケ」という名前の、コロッケ色をした大きな雄猫を飼っていた。当然のことながら、この猫を見るたびにコロッケが食べたくなって困った。でもコロッケって憎めない食べ物ですよね。僕は好きだ。コロッケの好きな人に悪い人はいない——かどうかまでは知らないけど、テーブルに向かって無心にコロッケを食べている人に、後ろから急にバットで襲いかかったりはなかなかできない。もちろん食べているのが焼き肉だったらやってもいいというものではないんだけど（当たり前だ）。

うちの奥さんは油を使った料理を作るのが好きではなくて、おかげで結婚以来コロッケとか天ぷらを作ってもらった覚えがない。だからうちでコロッケが食べたければ、どこかに行って出来合いのものを買ってくるか、あるいは自分で作るしかない。僕は料理を作るのはそれほど苦痛ではないので、ときどき思い立つとコロッケの仕込みをした。

じゃがいもを買ってきて茹でてすり潰し、肉と混ぜてコロッケのかたちにして、パン粉をつけてひとつひとつラップにくるんで冷凍しておく。そしてコロッケが食べたくなった

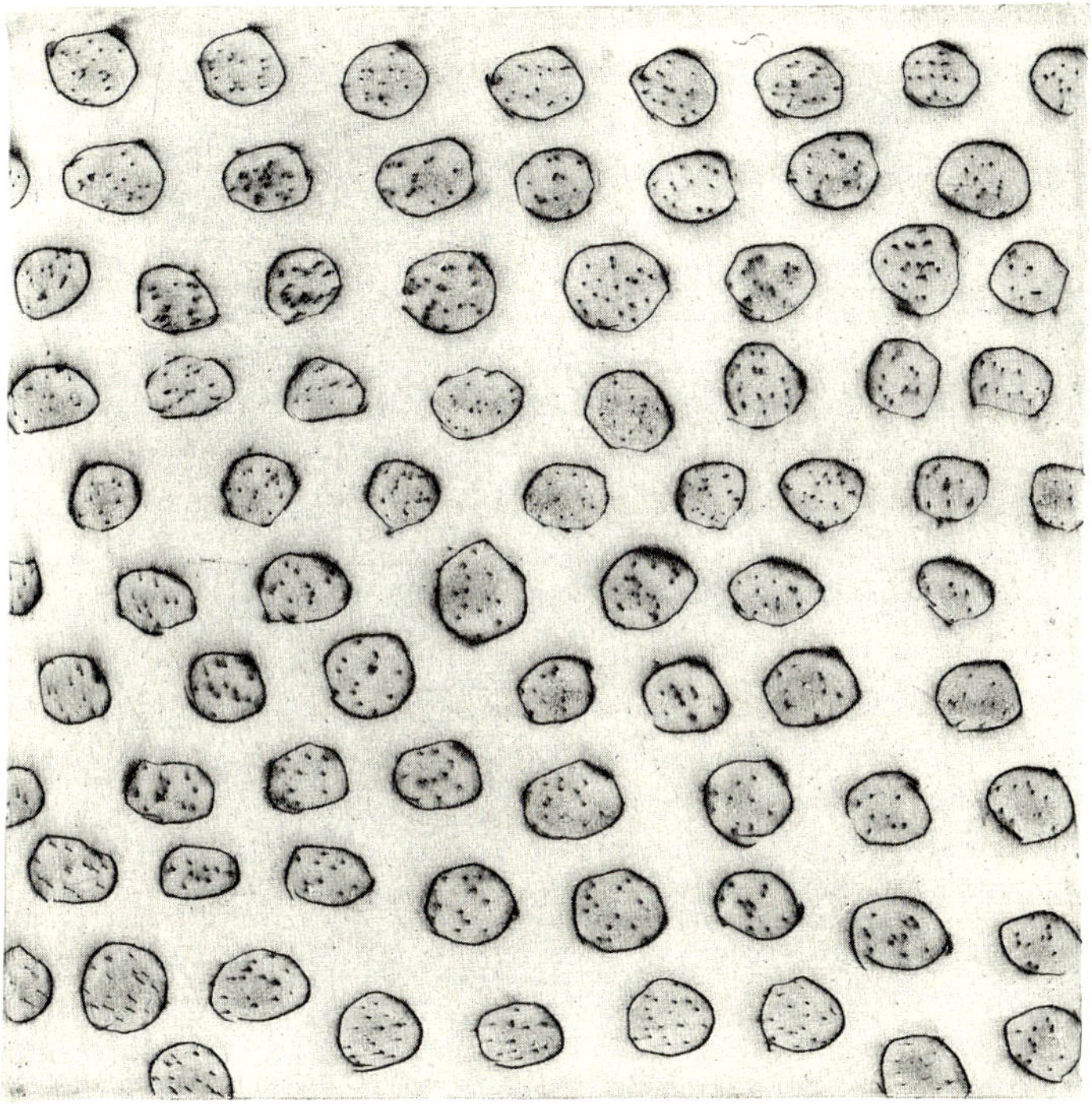

ら好きな数だけ出して解凍し、油で揚げる。何度も細かく仕込みをするのが面倒なので、半年分くらいまとめて作ってフリーザーに放り込んでおいた。当時は事情があって業務用の巨大な冷蔵庫を所有していたので、それが可能だった。そのようにして僕とコロッケはしばらくのあいだ、このうえなくイノセントで満ち足りた友好関係を保っていた。

しかし災難は、まるで小田原厚木道路の覆面パトカーのように、どこかでこっそりとあなたを待ち受けている。ある日突然、冷蔵庫が故障してしまった。ガスが抜けたとかそういうことだったと思う。電気は通じているんだけどぜんぜん冷えない。おかげでまとめて冷凍しておいた「コロッケのもと」は見るみる柔らかくなり、死せるオフェリアのように致命的に損なわれていった。折悪しく週末だったので、修理にも来てくれない。しょうがないから、捨てるくらいならとできるだけたくさんコロッケを揚げて食べちゃうことにした。いや、食べましたね。二日かけて死ぬほどコロッケを食べた。苦しかったよ。おかげでそれから何年かはコロッケの姿を見るのもいやになった。凶悪なコロッケ軍団に回りを囲まれて、殴る蹴るの暴行を受ける夢まで見た。

しかし時は流れ、不幸な記憶も序々に薄れ、コロッケとの和解を果たすこともできた。仕込みをして冷凍までするまでの元気はもうないが（冷蔵庫が故障するかもしれないと考

村上ラヂオ　大橋歩 画

!

えただけで胸が痛む)、たまに商店街の肉屋さんで揚げたてのコロッケを買う。それからとなりのパン屋で焼きたての食パンを買い、近くの公園に行ってパンにコロッケをはさみ、むずかしいことなんか考えずにただ食べる。世の中には数多くのグルメ・レストランがあるけれど、気持ちよく晴れ上がった秋の午後に公園のベンチに座り、何の気兼ねもなく熱々のコロッケパンにかぶりつく喜びに匹敵するものがあるだろうか? いや、ありません(反語)。しかしこの本は食べ物の話が多いね。

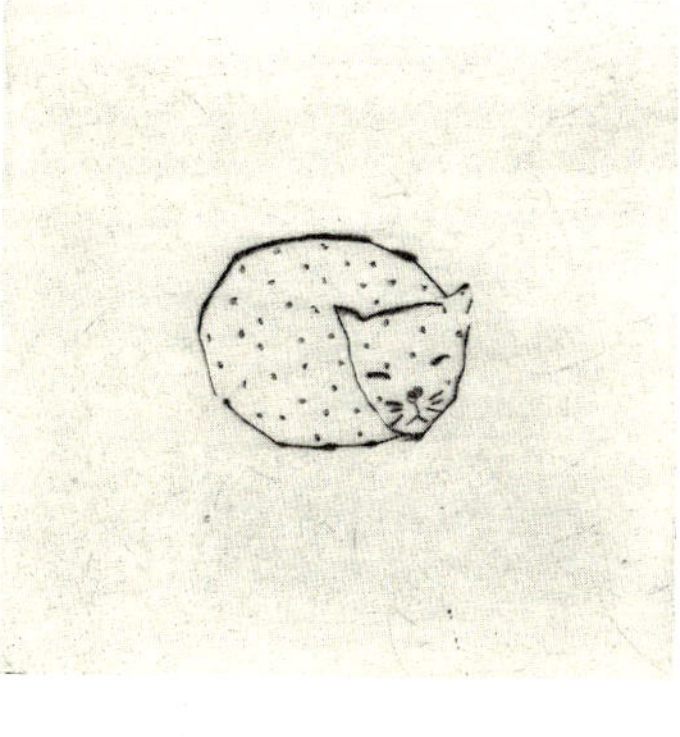

教えられない

夏目漱石が学校の先生をしていたことはご存じですか？　『坊っちゃん』の主人公は物理の教師だけど、漱石自身は英語を教えていた。この時代にしては珍しく英国留学までしていたので、発音がずば抜けて素晴らしく、生徒はみんな驚嘆したということだ。熱心で有能な先生で、既成の教育法に縛られない独自の考え方を持ち、教え方は厳しかったが、多くの生徒に慕われた。でも本人は「俺は教師には向いてないんだ」と言って、東大教授のポストを蹴って作家になった。そりゃまあ毎日どこかに出勤して、他人にものを教えるよりは、うちにいて好きな小説を書いている方が気楽だろうと僕も思う。

漱石はもちろんその後作家として大成し、日本近代文学の礎を作ったわけだが、晩年は身体をこわして、自宅で病の床にふせっていた。なにしろ胃が痛かった（見るからに胃をこわしそうなタイプの人ですよね）。ところがある日、弟子の鈴木三重吉が見舞いにいくと、先生は茶の間の縁側にしゃがみこんで、汚い着物を着た近所の、12か13くらいの子どもに英語を教えていた。相変わらず胃が痛いらしく、元気のない顔をしていたが教え方は

丁寧で親切だった。子どもが帰ったあとで三重吉が「あれはどこの子どもですか」と尋ねると、「どこの子だか英語を教えてくれと言ってやってきたのだ。私は忙しい人間だから今日一度だけなら教えてあげよう。いったい誰が私のところに習いにいけと言ったのかと聞くと、あなたは偉い人だというから、英語も知っているだろうと思って来たんだと言ってた」と漱石は言った。

しかし胃の痛みをおさえ、近所の汚い子どもに「ちょっとだけだよ。おぢさんは忙しいんだから」と言いながら、縁側で初級英語を教えている漱石の姿って、なかなかいいですよね。微笑ましい。これは『英語教師 夏目漱石』（川島幸希・著 新潮選書）という本の中で紹介されているエピソードです。「俺は教師には向いてないんだ」と言いながらも、漱石さんは教えること自体は決して嫌いではなかったのだろう。

僕は自慢じゃないけど、他人にものを教えることが昔から不得意だ。自分一人でこつこつと何かを身につけるのは苦痛ではないのだけど、それを嚙み砕いて他人に説明することができない。「そういうのって結局、身勝手な性格なのよね」と妻は冷たく言うけれど、そうじゃなくてただ不得手なんだ。教えているうちにいらいらしてきて、こっちの教え方が悪いのを棚に上げて、「なんでこんなものがわからねーんだよ」と思ってしまう。人間の器量が小さいというか、とても良い先生にはなれない。

その昔、バッティングの極意について質問されて、「つまりですね、飛んできたボールを思い切り叩けばいいんです」とまじめに答えた某大打者がいたけれど、その気持ちは僕にもわからないではない。言っていること自体はちゃんと筋がとおっているわけだしね。この人は現役を退いて某チームの監督になったけど、やはり世の中には教えることに向いていない人っているんだと思う。

あ、いけない！

いくつかのささやかな幸運が連なることがある、そういう一日がある。たとえばストックホルムでレンタカーを借りたときがそうだった。ホテルまで車を届けてもらったのだけれど、それがサーブ9－3のぴっかぴかの新車だった。ひとつ昔のモデルのオペル・アストラなんかじゃない。季節は五月、空はスカンディナビアン・ブルーに晴れ上がっている。高速道路をまっすぐ南に下り、途中で田舎の素敵なホテルをみつけて数泊し、それからフェリーに乗って車ごとデンマーク側に渡ろうという心づもりだ（今では橋が開通しているけれど、このときはまだフェリーが優雅に往復していた）。いいでしょう？　当地での仕事もやっと終わり、我々は晴れやかな気持ちで、この自由で気ままな長距離ドライブにとりかかろうとしていた。

朝早くホテルをチェックアウトし、車のエンジンをかけ（ぶるん！）、市街地を抜けてハイウェイに入る。マニュアル・シフトはまるでバターを温かいナイフで切るみたいに、クイックに滑らかに決まる。僕の人生でもっとも幸福な朝を一ダース選べといわれたら、

たぶんこの日の朝はその中に入るだろう。

途中美しい湖のほとりのレストランでサラダと魚料理を食べ、更に南下を続けた。沿道の新緑は目に鮮やかで、サーブのエンジンはカーステレオから流れる『ポストホルン・セレナーデ』にあわせて軽やかに心地よく歌っていた。美しい一日だ。でもそこで、隣に座っていた連れが、現実という見過ごすことのできないずだ袋の底から、洗い忘れていた二週間前のテニス用靴下を引っぱり出すみたいに、陰惨な疑問をひとつ持ち出してきた。

「ねえ、ところで、パスポートと旅行小切手と帰りの航空券、もってきた？」

「……………」

パスポートと旅行小切手と帰りの航空券？

そう、僕は貴重品をそっくり袋に入れて、ホテルの貸金庫に預け、引き払うときに取り出すのを忘れたのだ。走行距離を見ると、既にストックホルムから250キロも南に進んでしまっている。250キロといえば東京から浜名湖くらいあるし、時刻は午後3時に近くなっている。深い溜息をついて路肩に車を停めると、それを待っていたみたいに雨がしとしと降り始めた。

回れ右して戻りましたよ。戻らないわけにはいかない。やっとストックホルムのそのホテルに戻りついた時には、とっぷりと日も暮れて（街に入ってから道に迷った）、疲労とむなしさで二人とも言葉もなかった。ラッキーなことがまとめて続いたあとには必ずやその揺り戻しがある。人生というのはそういうものなんだ。ほんとの話。

今でもスウェーデンの地図を見ると、この日の出来事が頭によみがえる。そして「好事魔多し」だよなとあらためて思う。スウェーデンもそんなことで記憶されたくないだろうという気はするんだけど。

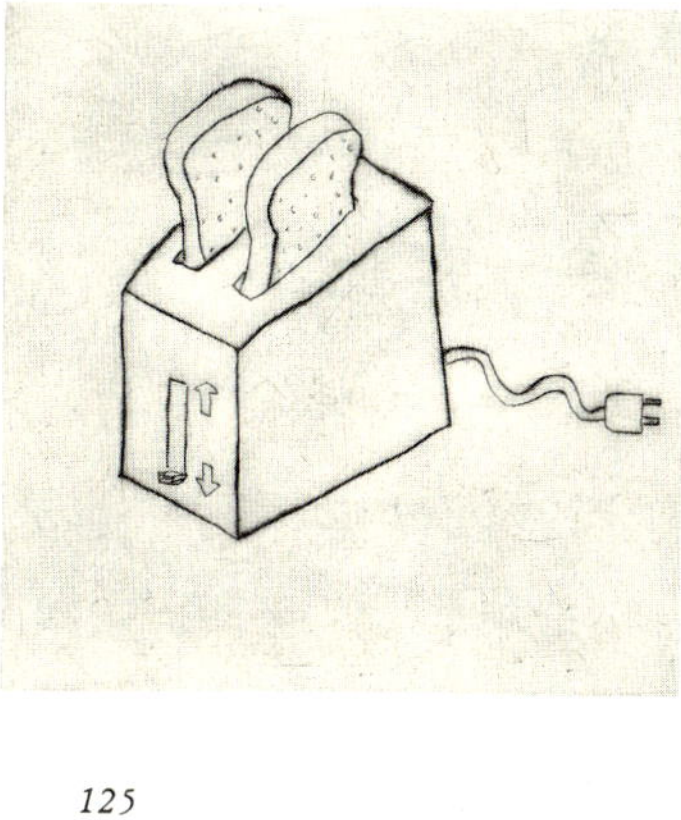

人はなぜちらし寿司を愛するか

僕は関西で生まれて育ったので、ちらし寿司といえばすなわち、総理大臣がなんと言おうと、アナン国連事務総長がなんと言おうと、寿司ご飯の中にいろんな具が細かく切って混ぜてあるカラフルなお寿司のことです。薄焼き卵を細く切ったものが上にちらしてあり、どことなく晴れがましい風情があって、運動会のお弁当の定番みたいなものだった。前日に母親が桶の中に炊きたての寿司ご飯を入れて広げて、扇風機をかけて冷ましているのを見るのは心愉しいものだった。白い湯気が健気な名もなき魂のように立ちのぼり、柔らかな酢の匂いが台所にほのかに漂う。

ところが東京にやって来てある日鮨屋で「ちらし」を注文したら、寿司飯の上に刺身やらいろんな具がただずらずらと並べられたものが運ばれてきたので、すごくびっくりしてしまった。もちろん関東と関西とではうなぎにしても、おでんにしてもずいぶん味や調理法が異なっているんだけど、しかし東西ちらし寿司の圧倒的なまでのコンセプトの相違には、人の言葉を失わせてしまうものがある。名前だけは同じくせに、まったくの「別もの」

なのだ。写真を見てすらりとした「めぐみさん」を指名したのに、似ても似つかない巨乳の「メグミさん」が出てきたみたいなもので…と言われてもたとえがよくわからないか。まあいいや、それは。

もう30年以上も東京に住んでいるから、今では「江戸前ちらし」にも馴れてしまって、お昼ご飯なんかに好んで食べているけど、でも関西風のちらしもやはりいいものだ。東京にもおいしい純正関西風のちらしを出してくれる店が何軒かあり、ときどき「今日は関西風のちらしがいいな」と決意して食べに行く。僕が好きなのは麻布にあるBというお店で、ここのちらしはご飯が真っ黒になるくらい海苔が景気良くまぶして混ぜてあって、上に載っている種種雑多な具（小鯛とかグリーンピースとか椎茸とか）をひょいひょいとかきわけると、この黒々とした海苔ご飯が、まるで幼年期から持ち越された筋金入りの深層意識みたいにじゃーんと現れる。なんともいえない愉悦なんだ、それが。

これは江戸前のちらしの話だけど、『賢者の食欲』（里見真三・著　文藝春秋）という本に、俳優の志村喬さんが一人でちらし寿司を食べているところに監督の山本嘉次郎が出くわすエピソードが出てくる。志村さんはちらしに載っている魚類をそっくり取り皿に移して、ご飯とはべつにして食べている。どうしてそんなことをするのかというと、志村さんの家はもともと侍の家系で、小さい頃から親に「ご飯の上にものを載せて食べるような下品なことはしてはならん」ときつく言い聞かせられていたからだった。「でもこの、ちらしが好物なもので」(苦笑)、そういう面倒な個人的手続きを踏んでも、つい注文して食べてしまうのだ。

志村さんの気持ちはわかりますよね。ちらし寿司という食べ物には、何かしらスタイルや道徳を超えた不思議な魔力があるもの。

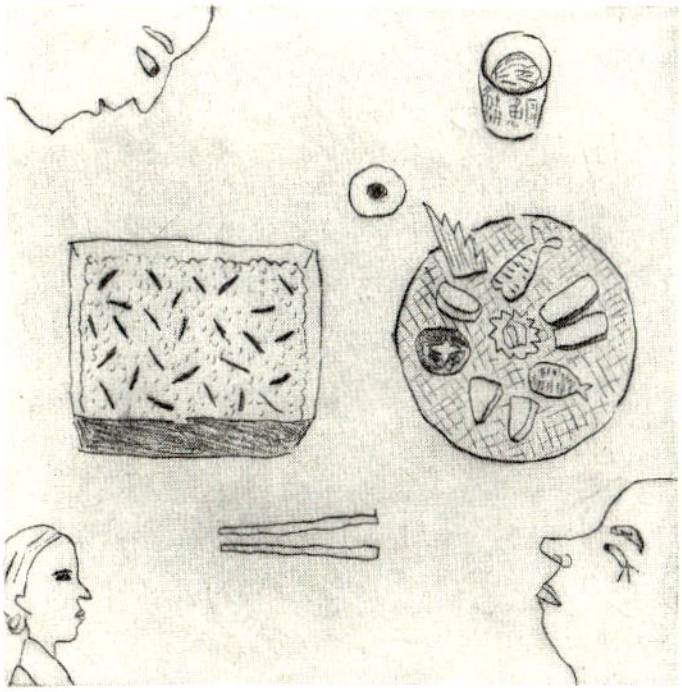

ワイルドな光景

今回はトイレの話なので、その手の美しくない話題を好まない人や、今からご飯を食べる人は、読まない方がいいと思う。すぐに次の項に移ってください。

僕は生まれてから便秘を経験したことがない。「そんなの猿同然じゃないか」と馬鹿にされるんだけど、猿だって穴熊だってかまわない。人生苦しいことは少ない方がいいに決まってますよね。ただしそんな僕でも、今まで二度だけ「便意はあるのに、用が足せなかった」という経験がある。早い話、出かけたものがひっこんじゃったわけです。なぜか? 便所が想像を超えてワイルドだったから。一度目はギリシャのアトス半島のとある小さな修道院。ここの便所のことは以前どこかに書いたので省略します。

二度目は無人の荒野の果てにある、モンゴル軍国境警備隊宿舎に泊めてもらったときのこと。ここの便所（というか糞溜め）はアトスの便所を凌駕して臭く汚かった。おまけに使用人数が多いから、ちょっとした池みたいになっていて、まさに悪夢の風景である。渡された踏み板に乗って用を足すんだけど、深そうだし、途中で板が割れたらと考えると、

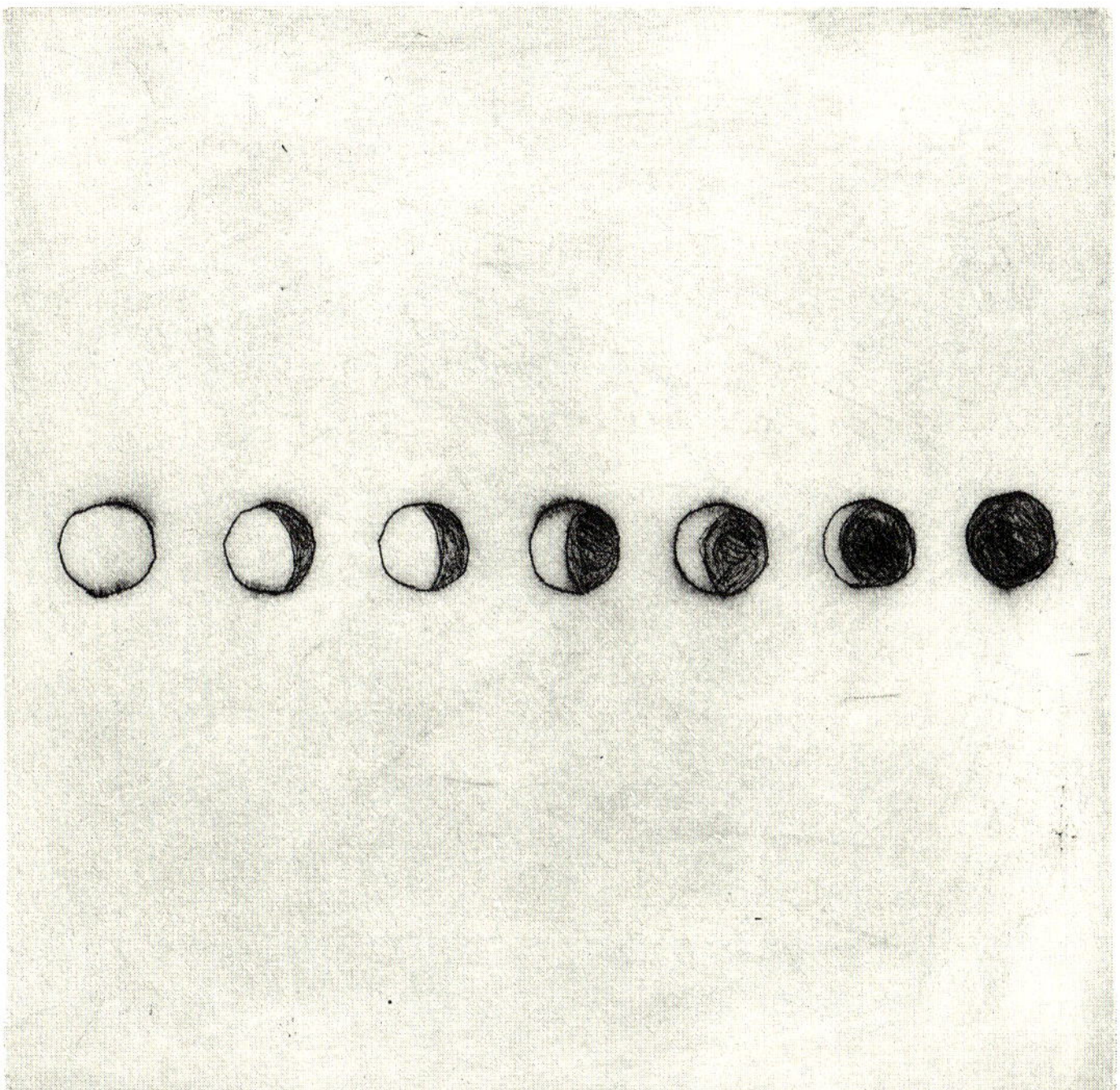

怖くて近寄れない。薄暗い中をニョッキくらいのサイズの真っ黒な蠅の群が、嬉しくてたまらないという感じでわんわんと飛び回っている。僕は多くのへんぴな場所を旅行してきて、大抵の便所で用を足せる自信はあるんだけど、この二カ所だけは気後れして所期の目的が果たせなかった。

しかしこのあいだアンドルー・チェイキンが書いた『人類、月に立つ』(NHK出版)という、アポロ計画当時の宇宙飛行士たちについてのノンフィクションを読んでいて、僕のこれらの体験なんてまだまだ生やさしいものだったんだと思い知らされた。宇宙船内部で用を足す(大きい方)のは想像を絶して大変なことだったんですね。

便意を催すと、宇宙飛行士は接着剤つきビニール袋を取り出して、それを裸のお尻にぺたっと張り付ける。モノが出てくると、ビニールの上から指でつかんで取り出す。無重力状態ではものは自然に落ちないので、自分で取り出す必要がある。無事に出てくると、今度は殺虫剤のカプセルを開け、それを袋に入れ、中身をしっかりとこねて混ぜ合わせる。そのプロセスに一時間はかかった。臭気はまことにすさまじいものだった、とあります。そりゃそうだろう。窓を閉め切ったホンダ・シビックの中で、三人の人が交代で用を足すところを想像してみてください。

もっとひどいのは誰かが下痢をして、手当をする余裕がなかった場合で、飛行士たちは飛び散り、不揃いな球体となって空中に浮かんだ同僚の便のかけらを、「蝶々をとるみたいに」ひとつひとつ拾って集めることになった。そのあいだあまりにも臭かったので、非常用酸素ボンベを使って呼吸しなくてはならなかった。こういうのを読んでいると、「うーん、べつに月になんか行かなくたっていいや」と思う。

広い野原の下で

昔、僕がまだ学生だったころ、新宿の西口には何もなかった。「何もなかった」と言っても、それは「特筆するべきことが何もなかった」とか、「価値のあるものは何もなかった」とか、そういう複雑なことを意味しているわけではなくて、ほんとうに、文字どおり何もなかったのだ。あるのはただだだっぴろーんとした広い野っぱらだけだった。今ではそこに高層ビルやらホテルやら都庁やらが林立している。

それで何かが便利になったのかというと、よくわからんけど、まあ便利にはなったんでしょうね。かなり多くの人がそのエリアに通勤したり、ショッピングに出かけたりしているわけだから。しかし僕＝ムラカミに関して言えば、とくに便利になったという実感はない。新宿西口が昔の原っぱのままでも、とくに（ぜんぜん）不便はなかったような気がする。というか、その方がさっぱりしていてよかったような気さえする。

何もないところだったけど、将来の都市計画の一部として、その当時から地下道だけはわりにきちんと整備されていた。新宿で遊んで夜遅くなって、寮や下宿に帰るのが面倒に

なったときには、そしてそれが寒くない季節であれば、友達といっしょにそこでごろごろしていたものだった。そのころはまだホームレスはいなかった。同じくらいの年頃の若者が三々五々、朝までの時間を潰しているだけだった。地下道はきれいで安全だったし、どちらかといえば共同体的な親しみが漂っていた。

あるとき写真家志望の友達が、僕のポートレイトを撮ってくれた。白黒の写真だ。僕は髪が長く、19歳で、コンクリートの地面に腰をおろし、壁にもたれて煙草を吸っていた。アイロンのかかってない半袖のシャツを着て、ブルージーンにスエードのデザート・ブーツをはいて、ひどくふてくされた目をしていた。何がどうなったってかまうもんかという顔をしていた。時刻は午前三時で、たぶん１９６８年の夏だった。

彼はその写真が気に入って、大きく引き伸ばして、僕にくれた。前にも書いたように、僕は写真を撮られるのが好きではない。でもその写真だけは、自分でも悪くないと思った。そこには僕という人間の抱えているものがありありと浮かび上がっていたし、粒子の粗さの中に、時代の空気が鮮烈に切り取られていた。しばらくのあいだその写真は大事に持っていたのだが、引っ越しをかさねているうちになくなってしまった。

その写真を撮った夜のことは今でもよく覚えている。近くに一人でぽつんとしゃがみ込んでいるやせた男の子がいたので、声をかけて話をした。立川の高校の三年生だった。「家に帰りたくないんだ」と彼は言った。「恋人が妊娠しちゃって、その相手は僕じゃないんだ」と。それで、慰めようもないんだけど、なんとか慰めようと不器用に努力したことを覚えている。みんなどうなったんだろう？

新宿の西口に出るたびに「昔ここにはただ広い原っぱがあったんだよな」と思う。思ってどうなるというものでもないんだけど。

小さな菓子パンの話

コンピュータを日常的に使っている人はわかると思うけど、コンピュータのスイッチを「びよーん」と押してから、画面がセットアップされるまでに時間がかかりますよね。インターネットで情報を取り込むのに手間取ることもある。画面をにらみながらじっと待っているといらいらするものだけど（すべての新しい便利さは、例外なく新しい種類の不便さを産み出すんだ）、そういうときにみなさんは何をしていますか？

僕は画面のことはいったん忘れて、横を向いてのんびり文庫本を読んでいます。「君は好きにやってなよ。こっちも好きにやってるからね」という鷹揚な感じで。まあそんな風にぱらぱらと断続的に読むものだから、長大で筋の複雑な本（たとえばドストエフスキー『悪霊』とか）は用途的に向かないし、かといってありあわせの雑誌を読むのもいかにも「暇つぶし」という感じがして面白くない。あれこれ試してみたんだけど、結果的には童話がいちばん良かった。

今読んでいるのは『イングランド童話集　スコットランド童話集／アイルランド童話集』（フレア文庫・福原麟太郎訳）で、家人の本棚にあったものを適当に選んできたんだけど、ちらちら見ているうちに面白くなってきて、短い時間の集積ながらずいぶん読み耽ってしまった。原本は昭和29年に出版されたものなので、今読むと文体がいくぶん古風で、そのへんのところがいかにも童話だなという好ましい味を出している。

「むかしむかし、おじいさんとおばあさんがありました。小川のそばの小さな家に住んでいました。ふたりとも、たいへんほがらかで、ちっともぶつぶつこごとなど言いません。家も庭もあり、おまけにつやつやした二頭の雌牛と五わのめんどりと、一わのおんどりがいました。また、年をとったねこが一匹、子ねこが二匹いました。それで、自分たちは、ほんとうにみちたりていると思っていました。」

たとえばこういう出だしの話があるんだけど、う̶ん、雰囲気がいいよね。さあこれからいったいどんな物語が始まるのだろうと、少年期を遠く離れてしまった人間が読んでいても、けっこう胸がわくわくする。でも実際には、この話の主役はすぐに「小さな菓子パン」くんに移り、「みちたりた」おじいさんとおばあさんは最初に出てきたっきり、二度と出てこないんです。物語の枠組みからあっさりとふるい落とされ、そのまま忘却の中に置き去りにされてしまう。すごーく変な話だ。童話にはそういう構造的な変さが常につきまとっていて、読み込むと興味がつきない。

コンピュータ待ちの時間に童話集のページを繰るのって、なかなかいいものだ。画面がセットアップされても、そのまましばらく読み続けていたりしてね。菓子パンくんがどのような運命をたどることになるのか、興味のある方は自分で読んでみてください。

ポケット・トランジスタ

アルマ・コーガンという英国のポップ歌手がいた。1960年前後に歌っていたから、もう大昔のことだ。時の流れは速い。だからというのでもないけど、この人の名前を思い出すと、「朝（あした）の紅顔（こーがん）、夕べの白骨」という一節が、ついつい僕の頭に浮かんでしまう。

つまり朝にははつらつとした若者だったのに、夕方になったら白骨に変わり果てていた。人の生死は予測がつかない、という意味。どこかでこの言葉を耳にしても、「えー、睾丸に骨ってあるんですか？」とか尋ねたりしないでください。紅顔です。睾丸には骨はない。なかったと思う、たぶん。

回り道したけど、アルマ・コーガンさんの話。この人は『ポケット・トランジスタ』という歌を歌い、日本でもヒットした。歌詞の内容は「彼が毎晩会いにきてくれるのは、私のもっている小さなトランジスタ・ラジオで、ヒットパレードを聴くためなの」というものだった。結局二人は結婚して、「年とっても一緒に音楽を聴いてようね」ということに

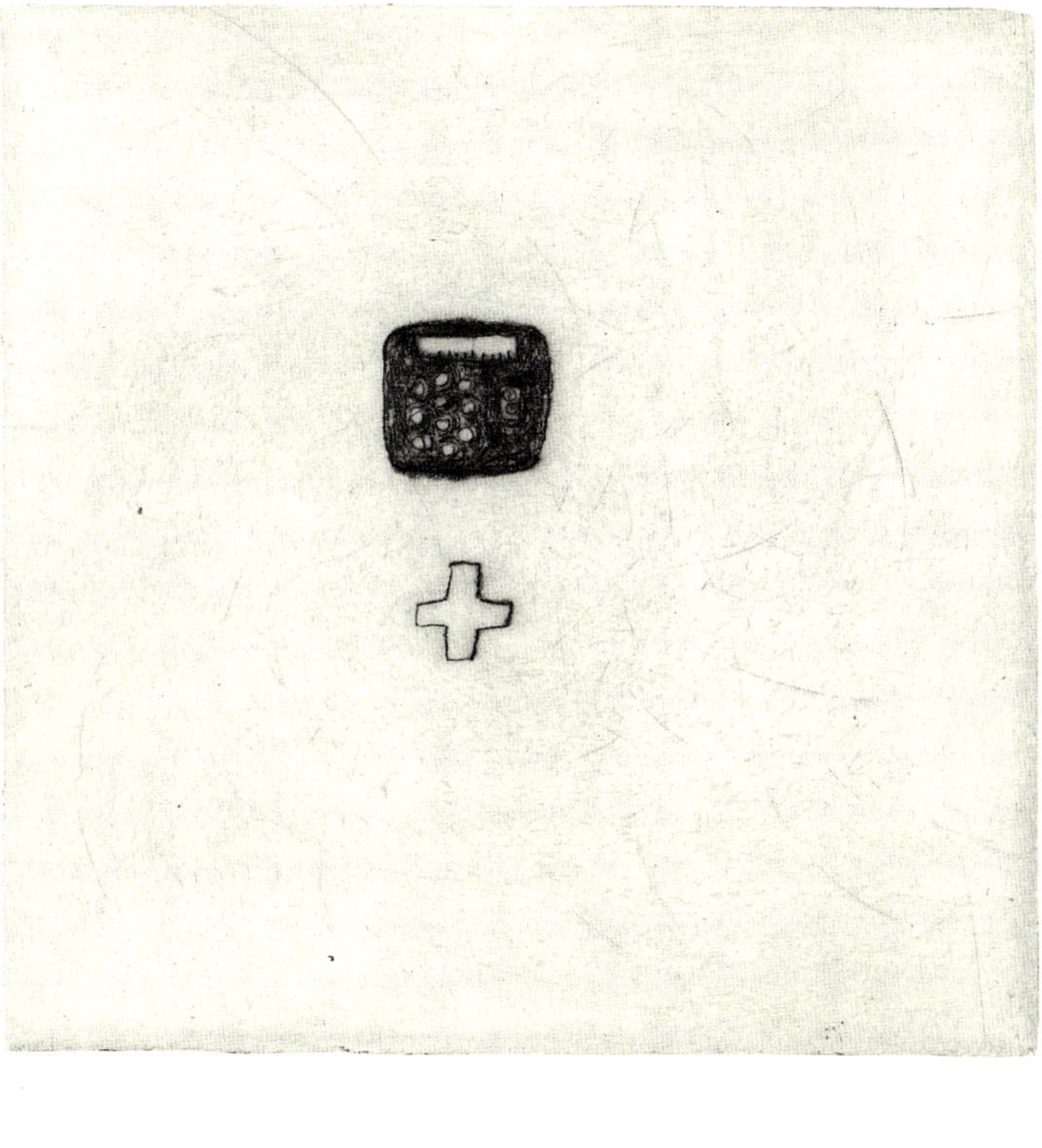

なる。まだトランジスタ・ラジオが珍しくて貴重な時代だったんだ。トランジスタという言葉の響きそのものが新鮮で、「トランジスタ・グラマー」なんて流行語も生まれた。小柄だけどグラマラスな身体をしている魅力的な女性のこと。

僕はこの他愛のない歌を今でもよく覚えているんだけど、それは僕もちょうどその頃同じようにポケット・トランジスタを手に入れて、夢中になって「ヒットパレード」を聴いていたからだ。ラジオのスイッチを入れると、リッキー・ネルソンやらエルヴィス・プレスリーの歌が聴こえてきた。音は貧弱だったけれど、手の中にすっぽり入る小さなラジオだったから、どこにでももっていけるし、一人で親密に音楽を聴くことができた。音楽があれば何もいらないというくらい、それが楽しかった。

それからずっと一貫して音楽に夢中でありつづけてきたけれど、その小さな「ポケット・トランジスタ」が、僕の音楽生活の原点のようなものになっている。オーディオ機械も進化し、聴く音楽もマイルズ・デイヴィスからバッハからレッド・ホット・チリ・ペッパーズまでずんずん（なんというか野放図に）拡大していったけれど、心の中心にはいつもあの小さなラジオがあるし、黒い革のカバーの匂いまで鮮やかに記憶している。そしてアルマ・コーガンの古い歌をどこかで耳にするたびに、11歳の少年の感じた風のそよぎや、甘い草の香りや、夜の底知れぬ深さが、刻明によみがえってくる。

音楽っていいですね。そこには常に理屈や論理を超えた物語があり、その物語と結びついた深く優しい個人的情景がある。この世界に音楽というものがなかったら、僕らの人生は（つまり、いつ白骨になってもおかしくない僕らの人生は）もっともっと耐え難いものになっていたはずだ。

空の上のブラディ・メアリ

飛行機の国際線に乗ると、食事の前に「何かお飲物は？」と尋ねられる。そういうときあなたは何を飲みますか？　僕はだいたいブラディ・メアリを頼みます。

ブラディ・メアリはご存じですね。トールグラスに氷を入れ、ウォッカをトマトジュースで割って、そこに一滴リー＆ペリン・ソースをたらし、レモンを軽くしぼる。うんちくを傾け出すときりないけれど、要するにそういう趣旨のものです。

ブラディ・メアリが好きなのかというと、とくにそうでもない。考えてみたら、飛行機以外の場所でわざわざブラディ・メアリを注文することはまずない。じゃあどうして飛行機に乗るときに限ってブラディ・メアリなのかというと、せっかく海外旅行に出ているんだもの、ビールだのウィスキーだの、ありきたりのものを注文していても芸がないじゃないかと思うから。そこには何かもっと祝祭的なものが必要とされるはずだ。

かといって専門のバーじゃないんだから、ウォッカ・ギムレットとかドライ・マティーニみたいなものを注文したところで、美味しいものが出てくるわけがない。そこで究極の

妥協案として、ブラディ・メアリです。やかましいことさえいわなければ、ただのウォッカのトマトジュース割りなんだもの。

でもだから出来に当たりはずれがないかというと、これが意外にあるんだ。実際に各エアラインで出すブラディ・メアリの味を比べると、そこには驚くほどの差がある。

ランクA　大柄のグラスに、うまい配合でウォッカとトマトジュースが混じっていて、氷の量もほどよく入っているもの。ソースもぴりっと効いている。こういうブラディ・メアリが出てくると、幸福な気持ちになる。いつ墜落してもいいと思う（これは嘘）。

ランクB　ウォッカのミニ・ボトルとブラディ・メアリ・ミックス缶をべつべつに持ってきて、「そっちで好きに混ぜて下さい」というもの。いささか味気ないし、テーブルも混み合ってわずらわしいものだけど、自分で好きに配合できるだけまだ許せる。

最悪なのは某エアラインのように

ランクC　配合が無神経で（ウォッカがやたら多くて、トマトジュースが少ない）、おまけに（作ってから時間がたったのか）氷が溶けて全体的に水っぽくなっているもの。こういうブラディ・メアリを「ほれ」と不愛想に手渡されると、「ふん、もうこんな会社の飛行機に乗るもんか」と思う。たかがブラディ・メアリなんだから、そんなにむきになることもないんだけどさ。

だからエアラインのみなさん、僕のためにもできるだけ美味しいブラディ・メアリを出して下さい。それだけでけっこう幸せな気持ちになれるし。なにしろ今では、飲んだブラディ・メアリの味を基準にしてしか飛行機会社を思い出せなくなっているくらいだから。

真っ白な嘘

僕は嘘をつくのは得意ではない。でも嘘をつくこと自体はそれほど嫌いではない。変な言い方だけど、つまり「深刻な嘘をつくのは苦手だけど、害のない出鱈目を言うのはけっこう好きだ」ということです。

昔、ある月刊誌で書評を頼まれたことがある。僕は本を書く人間で、批評する人間じゃないから、書評ってできればやりたくないんだけど、そのときは事情があって、「まあいいや、やりましょう」と引き受けた。でも普通どおりにやっても面白くないから、架空の本をでっちあげて、それを詳しく評論することにした。実在しない人の伝記の書評とかね。これはやってみると、なかなか愉快でした。でっちあげをするぶん頭は使うけれど、本を読む時間は節約できる。それに取り上げた本の著者に「あの野郎、ろくでもないことを書きやがって」と個人的に恨まれたりすることもないですしね。

この偽書評を書いたときには、あとで誰かから「ろくでもない嘘をつくな」という苦情の手紙とか、「どこに行けばこの本が手にはいるのか」といった問い合わせが来るんじゃ

ないかと覚悟していたんだけど、一通も来なくて気が抜けたというか、まあそれはそれでほっとした。結局のところ、月刊誌の書評なんて誰も真剣に読んでないんだろうという気もしなくはないんだけれど、どうなんだろうね。

それから、今はわりにまじめに答えているけど、生意気盛りの若い頃は、インタビューでもしばしばいい加減なことを言っていた。どんな本を読んでいるかときかれて、「そうですねえ、最近は明治時代の小説をよく読んでいます。初期言文一致運動に関わったマイナーな作家が好きで、具体的に言うと、牟田口正午とか、大坂五兵なんかの作品は、今読んでも刺激的だと思いますよ」とか答えたりしてね。

もちろんどっちの作家も実在しない。完全なでっちあげである。でもそんなこと誰にもわからない。僕はそういう口からでまかせのことをすらすらと並べ立てるのがわりに得意です。得意というか、苦労がないというか。

日本語では「真っ赤な嘘」っていうけど、どうして嘘は赤いのか知ってますか？　奈良時代の日本では、悪質な嘘をついて世間を惑わせた人には、赤い大福餅を12個口に詰め込んで窒息死させるという酷い刑罰があったからです——というのは例によって嘘だ。どうして嘘が赤いのか、昔から気になっていて、いつか調べようと思っていたんだけど、この数十年ずっと忙しくて手がはなせなくて（嘘つけ）まだ調べてない。

英語には white lie という言葉がある。これは「罪のない（方便の、儀礼的な）嘘」のことです（これはほんと）。文字どおり「真っ白な嘘」。僕の嘘はどっちかというとこっちに近い。害はない、と思う。だって赤い大福餅を12個無理に食べさせられたりしちゃ、たまらないものね。

へんな動物園

僕は動物園が好きなので、外国旅行をするとよく地元の動物園を訪れる。だから世界中いろんな動物園に行った。

中国の大連の動物園に行ったとき、「猫」というシンプルな名札のかかっている檻があった。それほど大きくない檻なんだけど、中で猫が一匹ごろんと寝ていた。ごく普通の猫だ。まさかと思って、ずいぶん注意深く観察してみたんだけど、どれだけ眺めても、やっぱり隅から隅まであたり前の、茶色の縞柄の猫だった。僕はわりにそのとき暇だったので、檻の前に立ってその猫を長いあいだ眺めていた。猫は丸くなってじっと眠っていて、まったく目を覚まさなかった。とことん熟睡してるみたいに見えた。

中国まで来て、どうしてあたり前の猫があたり前に眠っているところをこんなに熱心に眺めなくてはならないんだろうと、我ながらわりきれない気持ちになったけれど、でもけっこういいんだよね、これが。もちろん寝ている猫なんて世界中どこにでもいるんだけど、動物園の檻に入っている猫を見る機会なんてそんなにあるものじゃない。中国ってやっぱ

り奥が深い国なんだと実感した。

ミラノの動物園では、ずっと熊と遊んでいた。それは葉っぱを食べる大きな黒い熊だった。前に立って見ていると、たまたま風に乗って檻の中に落ちてきた大きな葉っぱを、その熊はむしゃむしゃとおいしそうに食べていた。それで僕もためしにそのへんにある葉っぱをちぎって投げてやった。そうしたら立ち上がって手でひょっと受けて、口に運んで食べるんだけど、この様子がとても可愛かった。

僕はそのときもけっこう暇だったから（だいたい暇なんだ）、近くに生えている木の大きな葉っぱを、30分くらいずっと、次から次へと熊に向かって放り続けていた。ときどきものすごく野菜サラダが食べたくなることが僕にもあるので、熊くんの気持ちはなんとなく想像がつく。よほど暇な動物園らしく、そのあいだ通りかかる人もほとんどいなかった。しかしそれにしても、一度にあんなにたくさん葉っぱを食べさせてよかったのかな。あとで身体を壊してないといいんだけど。

カート・ヴォネガットの小説に、異星人にかどわかされて、そこの星の動物園に入れられる男の話がある。檻（というかガラス張りのベッドルーム）には「地球人」という札がついていて、そこの星の人がみんなで見物に来る。それで、そこに一緒に「つがい」として入れられるのが金髪のグラマー美人なんです。だから、というのでもないんだけど、一度動物園の檻の中に入ってみるのも悪くないかもしれないと、僕はときどきふと考えることがある。あなたはいかがですか？　そんなこと考えませんか。やっぱり僕が変なのかなあ。

これでいいや

自慢するわけじゃないけど、生まれてこの方「村上さんはハンサムですね」とつくづく感心されたことは一度としてない。駅で電車を待っていたら知らないご婦人に、「道でお顔を拝見したときから、お慕い申し上げておりました」という手紙を手渡された経験もない。醜くて目を背けられた覚えもないが（あったけど気がつかなかったという可能性はあるな）、うっとりと眺められたこともない。

しかし何も僕に限らず、この不完全にして明日も知れぬ「世の中」を作りあげている人々の大部分は、そういうあまりぱっとしない薄暗いエリアで、良くも悪くもなくこつこつと日々を送っているのではあるまいかと、まあ勝手に想像しているのだけど、そんなこともないのかしらん。

うちの奥さんはときどき「ああ、もっと美人に生まれたかったな」と鏡に向かって嘆いてつぶやいているけど（うちの母親も同じようなことを言っていたな）、僕はこれまで「もっとハンサムに生まれたかったよ」と思ったことはない。よく思い出せないけれど、

たぶんないんじゃないかと思う。

僕がそう言うと、うちの奥さんは「あなたって本当にあつかましいわよねえ。まったくどういう性格しているのかしら」とあきれる。でもそれは違う。決してあつかましいわけではないんです。これまでとくに何か不自由した記憶もないし、不便も感じなかったから、「べつにこれくらいでいいよ」と正直に述べているだけであって、決して「現状でじゅうぶんにハンサムだ」と主張しているのではありません。そこには大きな違いがある。

これまでの人生の過程において、不特定多数の女性にもてはやされた記憶はないけれど、何人かの女性に個人的な好意を抱いたことはあるし、彼女たちの何人かは幸いなことに、しばらくつき合う程度には僕のことを気に入ってくれた。そして今思いかえしてみて言えるのは、「どうやら彼女たちは、ハンサムだからという理由から、僕を好きになったのではないみたいだ」ということです。おそらく僕の考え方や、感じ方や、好みや、話し方や、そんないろんな要素（顔だちだって少しくらいは含まれているはずだと、ひそかに自負しているのだけれど）を総合して、その総合体としての僕を、たとえ一時的であるにせよ気に入ってくれたのだと思う。

それは僕にとっては疑いの余地なく、ハンサムだとかハンサムじゃないとかいう以上に滋養のある事実だったし、僕がこの長くて面倒な人生を送っていく上でけっこう大きな励ましになりました。だからこそ「このままでとくに不自由はないよ。これ以上ハンサムになりたいとも望まないよ」と言っているわけです。

しかし、やっぱりあつかましいのかな、これは?

あつかましいんだろうな、きっと。すいませんね。

円周率おじさん

朝早く起きるので（普通は五時前後）、よくラジオを聴く。台所でコーヒーを作ったり、パンをトーストしたりしているあいだ、だいたいＮＨＫの早朝のラジオ番組をつけている。とくに熱心に喜んで聴いているというのではない。ほかにやることもないので、なんとなく聴いているわけだ。

朝の五時前からＮＨＫのラジオ番組を聴いている人のほとんどは——たぶん想像がつくと思うんだけど——老人です。アナウンサーもいかにも老人相手に話すように話しているし、紹介される手紙もおおかた老人からのものだ。音楽もマッチボックス20の『ベンド』なんかじゃなくて、大田区児童合唱団の歌う滝廉太郎の『花』とか、そういうなかなか渋いものがかかる。

で、このあいだ聴いていたら、番組の中で六十代の男性からの投書が読み上げられていた。この人はある日、円周率をできるところまで暗記しようと決意し、今では６００桁まで覚えた。それを毎朝すらすらと暗唱している。そうすると脳の老化が防げるということ

3,1415

だった。世の中にはいろんな人がいるね。

　でも僕は思うんだけど、こういう人って、家族の中では実はそんなには尊敬されていないんじゃないだろうか。毎朝大きな声で円周率を600桁も暗唱されたら、家族だってやはりだんだんうんざりしてくるはずだ。たしかに偉大な達成ではあるんだろうけど、600桁の円周率が現実に必要な事態ってまずないもの。


　円周率の数字をコード化して、宇宙に向けて強力な電波で延々と発信している研究所みたいなのが昔どこかにあったけど、あれはまだやっているのかな。どうしてそんな電波を発信しているかというと、この宇宙のどこかにいるであろう、知性のある異星人とコンタクトするためだ。どうして円周率なのかというと、円とその直径の比率というのは万国共通というか、もう宇宙共通のものであって、どのような文明もある程度の段階に達すると、必ず円周率を発見することになる。だからどれほど細かいところまで円周率を把握しているかが、文明のひとつの物差しになるのだ——という話を聞いた。

　だからトラファルマ星人がその電波で送られてきたコードを解読して、「お、兄貴、あっちの太陽系方面にはよお、円周率のわかる文明があるみてえだぜ」とか認識できるわけだ（昔の日活映画の影響を受けた異星人なんだ）。「えー、やべーなー、600桁まで知ってやがらあ。うっとおしいからよお、ちょっくら行って、超水素バクダンでもかましてくらあ」とかね。そういうのってちょっとまずいんだけどな。

しかしなんで僕が朝の五時から、トラファルマ星人の心配までしなくちゃいけないんだ。これというのも、円周率おじさんなんてのが出てくるからじゃないか。NHKラジオにも困ったもんだ。

セントラル・パークのはやぶさ

このあいだ、朝の早い時間にセントラル・パークをジョギングしていたら、貯水池の金網の上に一羽のはやぶさを見かけた。はやぶさなんて動物園の檻の中でしか見たことがなかったので、とてもびっくりした。それも山の中じゃなくて、ニューヨークのど真ん中だから、思わず目をごしごしとこすってしまった。でもそれはどう見てもはやぶさだった。間違いない。僕はしばらく立ち止まって、そのつやつやとした精悍な羽と、クールでワイルドな瞳にじっと見とれていた。なんて美しいんだろうと思った。

ニューヨークに行くとだいたいイーストサイドか、セントラル・パークに近いミッドタウンにホテルをとる。地域的に言えば、ほんとはもっと下の、書店や中古レコード屋が集まっているヴィレッジかソーホーあたりの方が好みにはあっているんだけど、朝のセントラル・パークを走る魅力にはどうしても勝てなくて、ついついアップタウン方面に宿をとってしまうことになる。もしニューヨークにセントラル・パークがなかったら、そんなにあの街には行かないだろうという気さえするくらいだ。

知らなかったんだけど、僕が見かけたはやぶさくんはかなりの「有名人」みたいだ。はやぶさはだいたいが断崖絶壁に巣を作るんだけど、ニューヨークの高層ビルは考えてみれば「断崖絶壁」みたいなものだし、セントラル・パークは小鳥やリスといった餌には不自由しない。そういうわけで、このはやぶさくんは大都会の真ん中で悠々と（かどうかは知らないけど）、生活を送っている。夫婦で住んでいて、子育てもしているらしい。餌にされるリスや小鳥は「ええ、マジかよお！」と迷惑がっているかもしれないけど、でもそれが自然なんだ。しょうがない。

摩天楼（古いね）の軒を借りて巣作りしているニューヨークのはやぶさなんて、かっこいいなあ。憧れてしまう。でも実を言うと、僕は極端な高所恐怖症なので、とてもそんな高いところでは生活できない。というか、高所恐怖症の人はもともとはやぶさなんかにはなれないだろう。

セントラル・パークをアップタウンの方まで走って、ぐるっとまわってホテルに帰ってくると、だいたい10キロ近くになる。気持ちのいい距離だ。空気もいいし、公園の中はほとんど信号もない。季節は秋で、うっすらと汗をかく程度だ。シャワーを浴びて着替え、近所のコーヒーハウスに入って、ソーセージと卵つきパンケーキの朝食を注文する。熱いブラック・コーヒーを飲みながら、またはやぶさのことを考える。あのはやぶさくんは首尾良く朝食にありつけただろうか?

ほとんど何を賭けてもいいけれど、朝の六時過ぎに一羽の美しいはやぶさに出会えるくらい素敵な一日なんて、ちょっとないですね。

恋している人のように

特定の状況になると必ず頭に浮かぶ歌がある。たとえば空がきれいな夜に星を見上げると、『恋している人のように（Like Someone in Love)』という古い歌をふと口ずさんでしまう。ジャズの世界ではよく知られたスタンダード曲なんだけど、ご存じですか。

最近ふと気がつくと
知らないあいだに
一人で星をじっと見つめたり、
ギターの調べに聴きいったりしているんだよね、
まるで恋している人のように。

恋をしているとそういうことがある。意識がどこやら気持ちの良い領域をふらふらと蝶のようにさまよい、今何をやっているのか忘れて、ふと我に返ると長い時間が過ぎてしま

っている。「ものや思ふと人の問ふまで」という和歌があるけど、あれと同じだ。思うんだけど、恋をするのに最良の年頃は16歳から21歳くらいではないだろうか。もちろん個人差はあるから簡単には断言できないけど、それより下だとなんかガキっぽくて見ていて笑っちゃうところがあるし、逆に20代になると現実的なしがらみがくっついてくる。更に上の年代になると、余計な知恵なんかもついちゃって、まあ、あれですよね。

でも10代後半くらいの少年少女の恋愛には、ほどよく風が抜けている感じがある。深い事情がまだわかってないから、実際面ではどたばたすることもあるけれど、そのぶんものごとは新鮮で感動に満ちている。もちろんそういう日々はあっという間に過ぎ去り、気がついたときにはもう永遠に失われてしまっているということになるわけだけど、でも記憶だけは新鮮に留まって、それが僕らの残りの（痛々しいことの多い）人生をけっこう有効に温めてくれる。

僕はずっと小説を書いているけれど、ものを書く上でも、そういう感情の記憶ってすごく大事だ。たとえ年をとっても、そういうみずみずしい原風景を心の中に残している人は、体内の暖炉に火を保っているのと同じで、それほど寒々しくは老け込まないものだ。

というわけで、貴重な燃料をため込むためにも、若いうちにせっせと恋をしておいた方がいいと思う。お金も大事だし、仕事も大事だけど、本気でじっと星を眺めたり、ギターの調べに狂おしく引き込まれたりする時期って、人生にはほんの少ししかないし、それはなかなかいいものだ。放心してガスを消し忘れたり、階段から転げ落ちたりというようなことも、そりゃたまにはあるけどね。

食堂車があればいいのに

最近はほとんど見かけなくなってしまったけれど、食堂車っていいものですよね。旅行に出ると、ご飯どきには食堂車に足を運んで、そこで時間をかけてのんびりと食事をするのが好きだった。あまりお金のない若いころだって、旅行に出て列車に乗れば、無理をしてでも食堂車に行った。

白いクロスがテーブルにかかっていて（たとえところどころに古いソースの染みがついていても）、重い古風なカトラリーが使われていて、カーネーションの一輪挿しなんかが置いてあったら、もう言うことない。まずビールを注文する。よく冷えた小瓶と、いかにも実直そうな、昔風のまっすぐなグラスが運ばれてくる。窓から差し込む日差しを受けて、テーブルクロスの上に、ビールの琥珀色の影が落ちる。

まだドイツが東西に分裂していたころ、東ドイツ国内を抜ける列車に乗った。ベルリンからオーストリアまでの列車だったと思う。食堂車がついていて、それは僕が実に求めて

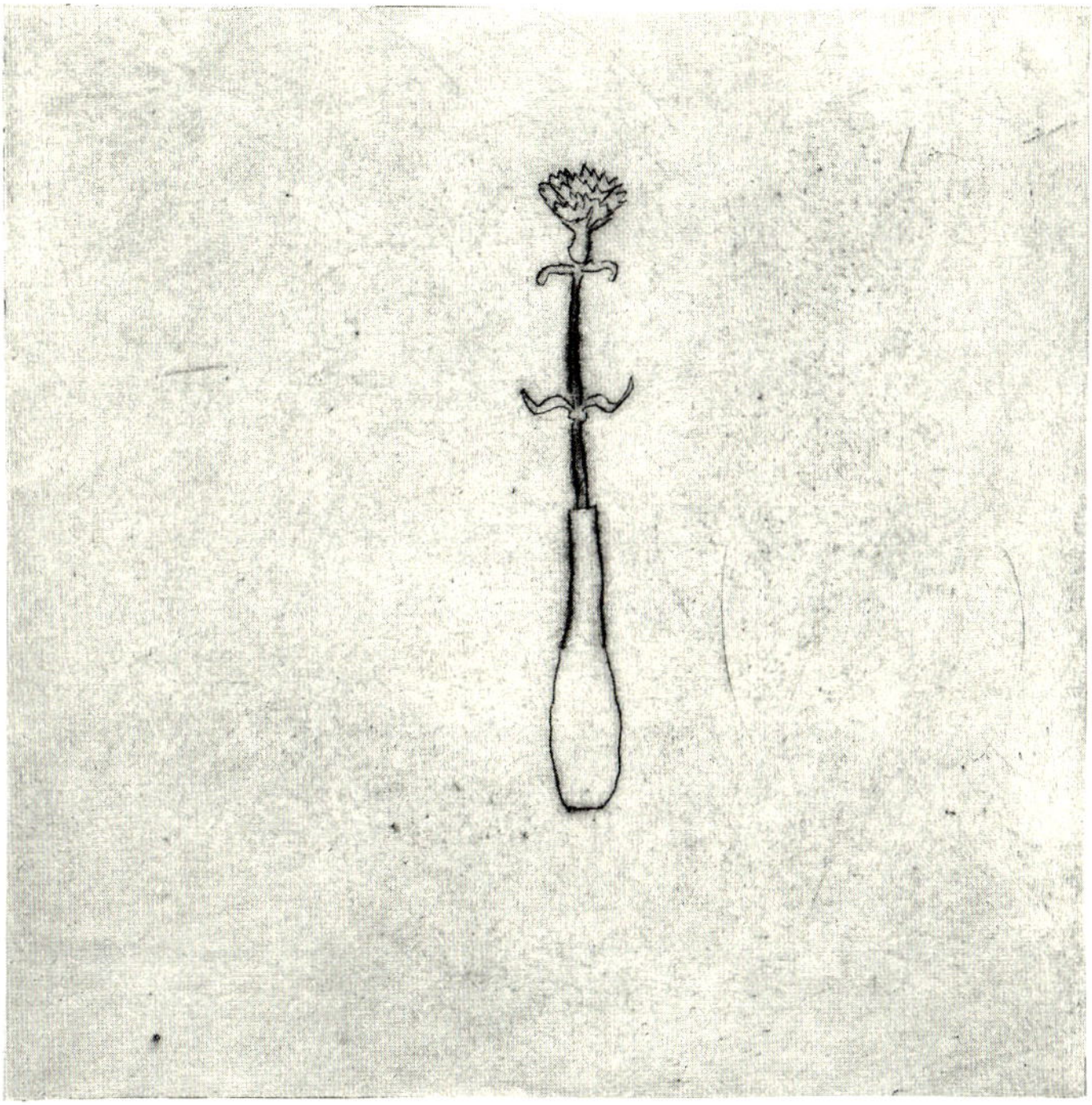

いるとおりのクラシックな食堂車だった。白い上っ張りを着た年輩のウェイターがやってきて、ポケットから短い鉛筆を出し、合併症の病状でも聞くみたいな顔つきでうなずきつつ、寡黙に注文をとってくれる。その日の献立表の中から、僕が選んで注文したのはビールと、スープと、野菜サラダと、ペパーステーキだった。

料理が運ばれてくるまでのあいだ、窓の外の風景を眺めていた。東ドイツの昔っぽい町が、次から次へと目の前を通り過ぎていった。秋の日差しはまろやかで、建物の屋根が明るく光っていた。河があり、森があり、柔らかな草原があり、その上をゆっくりと雲が流れていた。もしそこに何かしら不平を言うべきポイントが存在したとすれば、それは出てきた料理がずいぶんまずかったということだ。どれくらいまずかったか？　そうですねえ、10年以上を経た今でも、そのまずさをはっきり思い出せるくらいまずかった。

こんな素敵な食堂車で、こんなまずい料理を出しているようじゃ、東ドイツという国も長くはないんじゃないかと、そのときわりに切実に思ったし、実際その数年後には東ドイツという国自体がなくなってしまった。まあ食堂車でひどい料理を出す国が、そのまま全部つぶれちまうというものでもないんだろうけどね。

以前、食堂車を舞台にした短編小説を書こうと思ったことがある。男が一人で旅行していて、食堂車で一人の若い女性と相席する。男はステーキサンドイッチとビールを注文する。女はポタージュ・スープと水だけを注文する。水を飲みながら女は不思議な話を始める。彼女はアルコール漬けにした一本の太い指を携えて旅行をしている。彼女はその瓶をバッグから出して、テーブルの上に置く。面白そうでしょう？　でも結局書かなかった。それというのも、世の中にもう食堂車なんて見かけなくなっちゃったから。

長生きするのもなあ…

早死にした方がいいか、長生きした方がいいか、どっちか選べと言われたら、もちろん少しでも長く生きたいねと、僕なんかは圧倒的に思うんだけど、でも文学事典をひもといて、古今東西の作家の顔写真を眺めていると、「あまり長生きしちゃうのもなんだよなあ」と考え込んでしまうことになる。というのは、若死にした作家はいつまでも若いときの顔が残るのに対して、長寿を全うした作家は、死ぬ少し前くらいの写真が「定番」として定着することが多いからだ。

たとえばアルチュール・ランボーとか、プーシキンなんかの写真は常に若くて溌剌としている。それにくらべてトルストイとか志賀直哉なんかは、もう「年寄りぃ！」という感じで、志賀直哉？　ああ、あの教科書に写真の出ていた禿のじーさんね、ということになってしまう。そうですよね？　彼らにしてみれば「たまには若いときの写真だって出せよ。これじゃまるで俺は一生じじいだったみたいじゃねえか」と言いたくもなるだろう。しかし彼らのそういう声は世間に届かず（届くわけないんだけど）、いつでも年取ってからの、

禿げてしわくちゃになった顔写真が世間に流布されることになる。

まあそういうのがどうしても嫌だったら、サリンジャーみたいにある時点から高い塀の中に閉じこもって、世間に顔も見せず、新しい写真は一切撮らせない、という風にすればいいわけだけど（サリンジャーは今年で82歳になるが、中年期以降の彼の顔はほとんど誰も知らない）、そこまでやるほどのこともなあ…と思います。正直なところ。それに世間からひっそりと隠れているうちに、伝説になり損ねて、みんなにころっと忘れられちゃったりしてね。


外国には作家の顔写真を専門に撮影するプロの写真家がいる。彼らは本当の意味でのスペシャリストで、ほとんど作家の顔しか写さない。作家を撮影し、そのネガをファイルしてストックし、要望に応じて出版社に貸し出すことによって収入を得ている。最近ではジェリー・バウアーとマリオン・エトリンガーの二人が、その代表的な存在だ。この二人には、僕も写真をとってもらったことがあるけど、「なるほど、さすがにスペシャリスト」という感じだった。変なたとえだけど、腕のいい歯医者みたいだ。

エトリンガーさんがニューヨークのスタジオで撮影したレイモンド・カーヴァーのモノ

クロ写真は、カーヴァーがそのあと間もなく亡くなってしまったこともあって、いわゆる「定番」として機能しているが、これはなかなか味わいのある素敵な写真だ。働き盛りの作家のエネルギーのようなものが、ありありとにじみ出ている。

せっせと健康維持につとめて、96まで生きて、そのあげく後世の人に「村上春樹？ ただの汚ねえよぼよぼのじじいじゃん」なんて言われるのはいやだなあと思うんだけど、かといって早死にしたくもないしなあ。困ったもんだ、ぶつぶつ。

骨董屋奇談

うちの奥さんが骨董好きで、旅行の先々で骨董屋に入り浸るという話は、前にも書いたような気がする。僕はなるべくものごとを決めつけないで生きていこうと決めている人間だけど、思い切って独断的に打ち立ててしまいたい原則がひとつある。それは「骨董にとくに興味のない人間が、つきあいで骨董屋に入って長い時間をつぶすくらい退屈なことはほかにちょっとない」ということです。うちの奥さんがわけのわからない専門用語を使って店主と話し込んでいるあいだ、僕はあくびをしながら店内をうろついて、見たくもないものを見ている。「なんで汚ねえ皿にこんなに高い値段がついているんだよ」とか思いながら。まあランジェリー・ショップに入るのとは違って（入らないけどさ）「目のやり場にこまる」というようなことはないから、その点は救いといえば救いなんだけれど、しかしそれにしても退屈だ。

その京都の小さな骨董屋に入ったとき、最初からなぜか不吉な予感がした。店番をして

いるおばあさんの目つきもいやだった。そのおばあさんは、『ヘンゼルとグレーテル』に出てくる魔法使いみたいに見えた。深い森の奥の、八つ橋と千枚漬けでこしらえた家に棲んでいるんじゃないか、というような妖気も漂っていた。「あまりあっちに近づかないようにしよう。ろくなことはなさそうだから」と心に決めた。

でも退屈だし、僕も奥さんにつきあっているうちに「門前の小僧」で、ある程度の知識はついているから、目の前にあった皿を見て、「たぶん明治のインバンだけど、ガラとしてはまあ悪くないな」というようなことをつぶやいていた。そしてよせばいいのに（なぜよさないんだ！）、手にとって眺めまでした。まさにそのとき背中にびりびりと差し込んでくる強力な電磁波のような視線を感じた。あ、これはまずい、と思うまもなく、手が滑って皿が床に落ちてぱりんと割れた。

「かましませんよ。気にせんといてくださいね。そんなん、どうせ壊れもんどすから」というようなことを、おばあさんはにこやかに言ってくれたけど、目はそれとはぜんぜん別のことを語っていた。口元は笑っているけど、目は笑っていない。そういう特殊なメッセージを含んだ笑い方のできる人が、古都京都にはまだ少なからず生息しているみたいだ。しょうがないから、その「一枚売りはできない」という十枚揃いの皿を泣く泣く全部買いとりましたよ。買わないわけにはいかないもの。

「なんでそんな余計なことしたのよ」とあとで妻に叱られた。

「でもさ、あれって念力だよ」と僕は弁解した。「あのばあさんが、びりびりした電波を送って僕の手を滑らせたんだ」

もちろんそんなことはとりあってもらえなかった。今でもその九枚のお皿はうちで使っている。まあ、そんなに悪くない皿なんだけどね。

けんかをしない

僕はとても性格温厚とは言えないけど、正面切って他人とけんかをすることはまずない。少なくとも僕の側から言えば、誰かとけんか別れしたというケースはひとつも思い出せない。悪口を言われてもそんなに腹が立たない、というのがその理由のひとつになっているかもしれない。

仕事がら、いろんなところでいろんな人にひどいことを言われる。言われるだけじゃなくて、新聞や雑誌に印刷されていたりする。褒められることもないではないけど、概して言えばけなされる方が多い。たとえば「村上は馬鹿だ」とか「村上は偽善者だ」とか「村上は嘘つきだ」とか。嘘じゃないですよ。ほんとにそんなこと言いやがるんだ。そう言われるともちろんよい気はしない（よい気がする人がいたら、異常性格だ）。

でもよく考えてみたら、「お前は偽善者だ」と批判されて、「いいえ、そんなことありません。私は偽善者じゃない！」と胸を張って反論できる人が、世の中にどれくらいいるだろう？　少なくとも僕にはそんなこと言えない。「言われてみたら、自分の中には偽善的

な部分があるかもしれない」と思う。正直言って。

それと同じ意味あいにおいて、僕はたしかに馬鹿だし、嘘つきだ。自分勝手で、頑固で、それでいて移り気で、短気で、無神経で、教養に乏しく、洗練されていない。都合の悪いことはすぐに忘れちまうし、意味のないくだらない冗談も言う。協調性ゼロ。人間が浅く、考えの内容は薄い。小説だって、読み直してみるとずいぶん下手だ。うーん、もちろん「多かれ少なかれ」という注釈がつくにせよ、こうしてリストアップしてみると、つくづく生きている価値のない人間みたいに見えてくるなあ。あと人格欠陥の余地として残っているのは、アル中と幼児虐待と靴下フェチくらいのものじゃないか。

しかし一度そういう具合に開き直ってしまうと、失うべきものはもう何もない。誰にどんなひどいことを言われても恐くないし、かくべつ腹も立たない。池に落ちてぐしょ濡れになったところに、誰かからひしゃくで水をかけられても冷たくないのと同じことだ。そういう人生って気楽といえば、けっこう気楽です。かえって「そんなひどい人間のわりには、よく健闘してるじゃん」と自信がわいてくるくらいだ。

かなりの確信を持って思うんだけど、世の中で何がいちばん人を深く損なうかというと、それは見当違いな褒め方をされることだ。そういう褒め方をされて駄目になっていった人をたくさん見てきた。人間って他人に褒められると、それにこたえようとして無理をするものだから、そこで本来の自分を見失ってしまうケースが少なくない。

だからあなたも、誰かに故のない（あるいは故のある）悪口を言われて傷ついても、「ああよかった。褒められたりしなくて嬉しいなあ、ほくほく」と考えるようにするといいです。といっても、そんなことなかなか思えないんだけどね。うん。

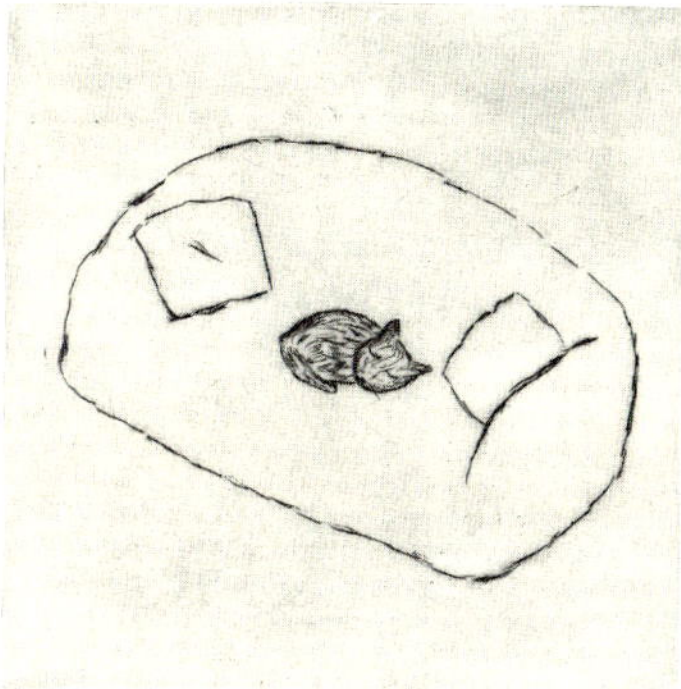

柳よ泣いておくれ

柳の木は好きですか？　僕はかなり好きです。樹形の整った柳の木がみつかったので、庭に植えてもらった。気が向くとその下に椅子を持ち出して、のんびりと本を読んでいる。冬はさすがに寒いけど、春から夏の始めにかけては、細い緑の葉が風にさらさらと揺れて、なかなか心地の良いものだ。

柳は元気な木で、放っておくとすぐに葉が密生してしまうので、ときどき植木職人に来てもらって散髪をする。人間の場合と同じで、散髪をすると外見がさっぱりして枝も軽くなり、それが新しい風に揺れる様はまるで、少女たちが飽きもせず終日ダンスに興じているように見える。はねたり、流れたり、回転したり。柳という木はほっそりとして優雅だけれど、「柳に雪折れなし」という言葉がある。へたにがっしりとした木より、しなっと柔らかい柳の方が意外にタフなんだということです。

アメリカの古い唄に『柳よ泣いておくれ（Willow Weep for Me）』というのがある。ビリー・ホリデーが素晴らしい歌唱を聴かせている。恋人に去られた人が、つらい想いを

柳の木に切々と訴えかける内容の歌なんだけど、どうして柳が誰かのために泣かなくてはならないのか？　英語圏では「しだれやなぎ」は weeping willow と呼ばれているからです。weep という言葉には「すすり泣く」という本来の意味のほかに、木の枝なんかがしだれて垂れ下がるという意味もある。だから英米文化の中で育った人は柳を見ると、「ああ、柳がすすり泣いているな」というイメージが自然に浮かぶことになる。それに比べて、日本の場合は柳といえばすぐに「ひゅーどろどろ」のおばけになる。文化によって、ものごとのイメージはずいぶん違ってくる。

しかし英米人が柳に不気味さをまったく感じないかというと、そんなこともないみたいだ。アメリカの作家アルジャノン・ブラックウッドの小説に『柳』というのがあって、これは純粋な怪談です。ドナウ川をボートを漕いで下る二人の青年が、柳の茂る砂州の島に野宿して、生きて動きまわる柳に襲われる話。柳がさわさわと夜の闇の中で揺れながら、二人を次第に手の中に取り込んでいく。短篇というよりはほとんど中篇に近い小説で、古風というか、テンポはゆっくりとしているんだけど、一行一行丁寧に読んでいるとじわじわっと実感が出てきて、背筋が寒くなってくる。柳という木には、どこかしら「擬人化」してしまいたくなる不思議な生命力が備わっているみたいだ。

昔の中国の女性は、愛する人と離ればなれになるときには、柳の枝を折ってそっと渡したそうです。しなやかな枝はなかなか折れないので、その枝の中に「返る＝帰る」という思いを込めたということだ。これはロマンチックでいいですね。

僕は新幹線が名古屋駅に着くと、ほとんど反射的に『柳よ泣いておくれ』を口ずさんでしまうんだけど、これはただ単に駅でういろうを売っているからです。いつも我ながらくだらないなと思うんだけど。

体重計

みなさんは体重計って好きですか？　と訊ねると、「そんなもの、ただの体重を量る機械じゃないか。好きでも嫌いでもないよ」という声が聞こえてきそうな気がする。世の中の人ってだいたいそうみたいだから。あるいは「体重計に乗るたびに不快な気持ちになるから、体重計なんて大嫌いだい！」という人だって中にはいるかもしれない。そういう理不尽な原因で嫌われる体重計は気の毒だよなと、僕はついつい同情してしまうんだけど。

正直に打ち明けると、僕は個人的に体重計というものが好きだ。これまでいくつも体重計を所有し、生活をともにしてきた。いつも浴室の片隅で、言葉もなくこっそりと時間を過ごし、たまに引っぱり出されて上に乗っかられ、「うう」とか「ああ」とかよくわからないことを言われて、そのまままた片隅に押しやられる体重計って、なんだか健気だと思いませんか？　僕は体重計を目にするたびに、「もし僕が体重計だったら、いったいどんな気持ちで一生を送るだろう」とかしみじみ考え込むことになる。うーん、だからといって体重計に対して、僕の側で何かしてあげられることがあるかというと、とくにないんだ

けどさ。

そんな体重計好きの僕だけど、体重計だったらなんだって同じように可愛いかというと、そうでもない。女性や服装に対して好みがあるように、体重計に対しても僕には僕なりのいささかの好みがある。あまり好きではないのは、上に乗ると体重がディジタル表示でぴっぴっぴっと出てくる最近のやつ。見た目にもスマートだし、数字も読みやすいんだけど、なんか信頼感がもてない。体重計のブラックボックス化というか、機械の中で実際に何が行われているかなんて、誰にもわからないですよね。たとえば中に悪質なこびとがはいっていて、あくびをしながら、「こいつはいかにも重そうだから、72キロにしとけえ」なんて、キーボードに向かって適当な数字をぱたぱたと打ち込んでいるだけかもしれない。僕はそういうことになると、けっこう疑り深い性格なんだ。

僕が個人的に愛好するのは、その昔八百屋さんが野菜を量るのにつかっていた秤みたいに、重りを左右にずらせて、真ん中の目盛りで体重を読むというシンプルな体重計だ。馴れないうちは操作に時間がかかるし、最近はほとんど見かけなくなったけれど、でもいいんだなこれが。僕は年末から年始にかけて一カ月ほどハワイで休養をとっていたんだけど

（すみません）、毎日通っていた近所のジムにこの古典的な体重計が置いてあって、それですっかり仲良しになってしまった。

東京で外食が続いて体重が増えていたので、これを機会に減量しようと決心して、ダイエットと運動を少しまじめにやった。それで3キロばかりやせた。減量のコツは性格のいい真面目な体重計と仲良しになることだとかたく信じているんだけど、そんなことを真剣に主張するのは僕くらいかもしれないね。

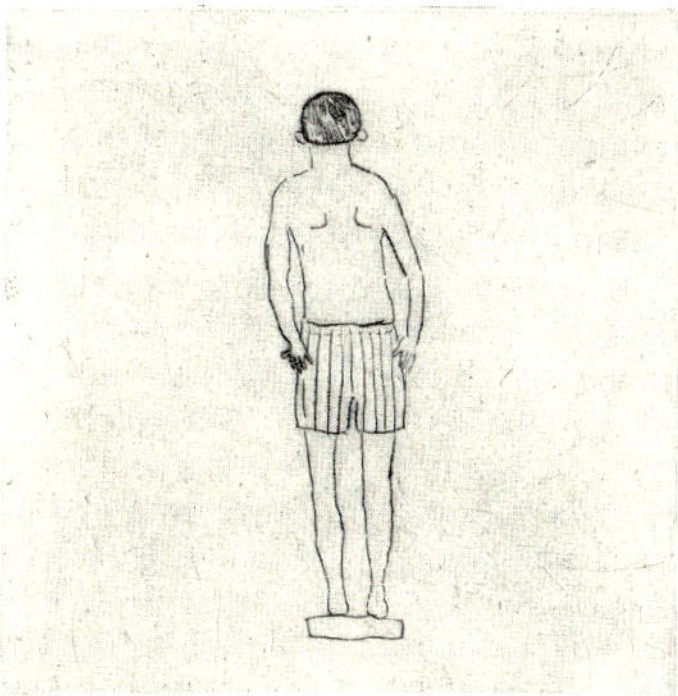

ゴルフってそんなに面白いのかな

タイガー・ウッズさん、相変わらず強いですね。といっても、僕はゴルフというものを生まれてから一度もやったことがないし、興味すら持ったことがないので、ウッズさんのどこがどう強いのか、ぜんぜん知らない。見当もつかない。ただあんなに圧倒的に勝っているからにはきっと強いんだろうなと、まあ適当に想像しているだけ。

で、ウッズさん（タイガーさんとは何となく呼びにくいよね）を見るたびに思うんだけど、あの人っていつも帽子をかぶっていますね。そういえば帽子を脱いだところを目にした記憶がない。風呂に入っているときにも、ベッドに入っているときにも、やはりあのナイキのキャップをかぶってにこにこしているんじゃないかという気がするくらいだ（それはそれでなんか楽しそうだけど）。

そこで僕の提案。ウッズさんは帽子をかぶるかわりに、あのナイキのマークを額に入れ墨しちゃったらどうだろう。そうすればいちいち脱いだりかぶったりする必要もないし、洗濯の必要もないし、汗でかぶれる心配もない。おまけに一生ものである。ナイキの社長

だって「そうか、ウッズさん、そこまでうちのプロモートに打ち込んでくれているのか」と感動して専属契約料をどーんと上げてくれるに違いない。めでたしめでたし。それに額にナイキの三日月マークなんて、旗本退屈男みたいでかっこいいじゃないですか。え、旗本退屈男知らない？　そうですか。古い話ですみませんね。

僕の知り合いにもゴルフをやる人はほとんどいない。というかむしろ、ゴルフというスポーツの存在自体に反感を抱いている人が多い。イラストレーターの安西水丸さんもその一人で、二人で夜中に酒を飲んでいると、知らず知らずゴルフやゴルファーの悪口になることがある。あのちゃらちゃらしたウェアが気に入らないとか、ぶつぶつ穴の開いたボールのかたちが胡散臭いとか、例によってほとんど難癖をつけるという状況に近いんだけどね。

水丸さんは学生時代に某ゴルフ・コースでキャディーのアルバイトをしていて、そのときに根性の悪いゴルファーにいろいろとひどい目にあわされて、それでゴルフそのものがすっかり嫌いになってしまった。若き日の原体験というか、そういうことってわりによくある。僕も学生時代に日銀でアルバイトしたことがあり、そのとき毎日朝から晩まで一万円札を刷っていたので、以来すっかりお金が嫌いになってしまった…というのはもちろん真っ赤な嘘です（あーくだらない）。

僕はクロスカントリー・スキーが好きだけど、北海道あたりのゴルフ場は冬になって雪が積もると、かっこうのクロカン・コースになる。どこまでもなだらかな丘が続き、ところどころにきれいな林や池が配され、あたりはしんと静まり返り、ときどきキタキツネが好奇心に満ちた顔をこちらに向ける。なかなかいいものだ。今のところ、僕とゴルフ場の接点といえば、それくらいのものかな。

道路さえあれば

ゴルフをやらないという話を書いたけど、なんとなくその続き。僕がゴルフをやらない理由は87個くらい即座に並べられるんだけど、主なものだけをあげると
(1)一人ではできない。他人とつきあう必要がある。
(2)いちいち遠くまで足を運ばなくてはならない。
(3)道具を買い揃えたり、持ち運んだりするのが大変だ。
(4)ウェアが気に入らない、うっとおしい。
ということになる。

逆にいえばそのへんの対極にあるのが、僕の好きなスポーツなわけですね。つまり走ることだ。走るのは一人でできるし、道路さえあればどこでもいつでもできるし、適当な一組の靴のほかにはとくべつな道具はいらない。

そんなわけでもう20年くらい日々走り続けているけれど、走っていてよかったなと思うのはとくに旅行をしたときです。知らない外国の街に行くと、朝起きてそのへんをのんび

りと走ってみる。これはほんとに気持ちいいんだ。

気持ちがいいだけではない。ジョギングをするときのスピード（時速にして約10キロ）は風景を眺めるには理想的で、車で走っていたら見逃すようなところも目につくし、歩いて見物するより情報量は遥かに多くなる。興味を引いたものがあれば立ち止まってしげしげと眺めることができるし、人なつっこい猫がいたら遊ぶこともできる。もしそこに何か問題があるとしたら、それは往々にして道に迷うことだ。そりゃそうだよね。ぜんぜん土地勘のないところを適当に走るんだから、迷わない方が不思議だ。

フィンランドの街を走っているときも帰り道がわからなくなった。ホテルを出たときは日が照っていたんだけど、途中から曇って風も出てきて、ひどく寒い。あたりには人影はなく、自分が今どこにいるのか見当もつかない。もしそこで親切なとなかいの親子に出会わなかったら、あるいはそのまま凍死していたかもしれない…というのはもちろん冗談だけど、でも寒かったなあ。

イタリア中部の迷路のような古い都市では、泊まっていたホテルを忘れてしまった。一時間ほど走って、ああ気持ちよかった、さあホテルにもどってシャワーを浴びて、と思ったものの、ホテルの名前が思い出せない。これは困った。だって道の尋ねようもないもの。

やけくそでぐるぐる走っていたら、偶然見覚えのあるホテルの前にぽっと出たから九死に一生を得たけど、そうじゃなかったらいったいどうなっていたものやら。

ギリシャでは街を走っているとよく呼び止められて、「兄さん、ちょっと休んで一杯ウーゾでも飲んでいけや」と誘われた。もちろん丁重にお断りしたけど（あんなもの飲んだら走れないよ）、しかし自分の脚で道路を走りながら眺める世界の風景というのは、なかなか素敵なものだ。うん。

さよならを言うことは

レイモンド・チャンドラーの小説の中に「さよならを言うのは、少しだけ死ぬことだ」という有名な台詞がある。僕もいざというときに、そういう決めの台詞を一度くらい口にしてみたいとは思うんだけど、こっ恥ずかしいというか、なかなか素面ですんなりとは言えませんよね。かといって酔っぱらうと言い違えてしまいそうな気がする。そういうのって、どうしようもないな。

しかしチャンドラーさんに異議を唱えるわけではないけれど、私見を述べさせてもらうなら、人は「さよなら」を言った直後には実はあまり死なないものだ。僕らが本当に少し死ぬのは、自分が「さよなら」を言ったという事実に、身体の真ん中で直面したときだ。別れを告げたものの重みを、自分自身のこととして実感したとき。でもだいたいの場合、そこに行きつくまでには、あたりをひとまわりする時間が必要になる。

僕もこれまでの人生で、少なくない数の人々に別れを告げたけれど、上手にさよならを言えた例はほとんど記憶にない。今思い返すと「もうちょっとまともなさよならの言い方

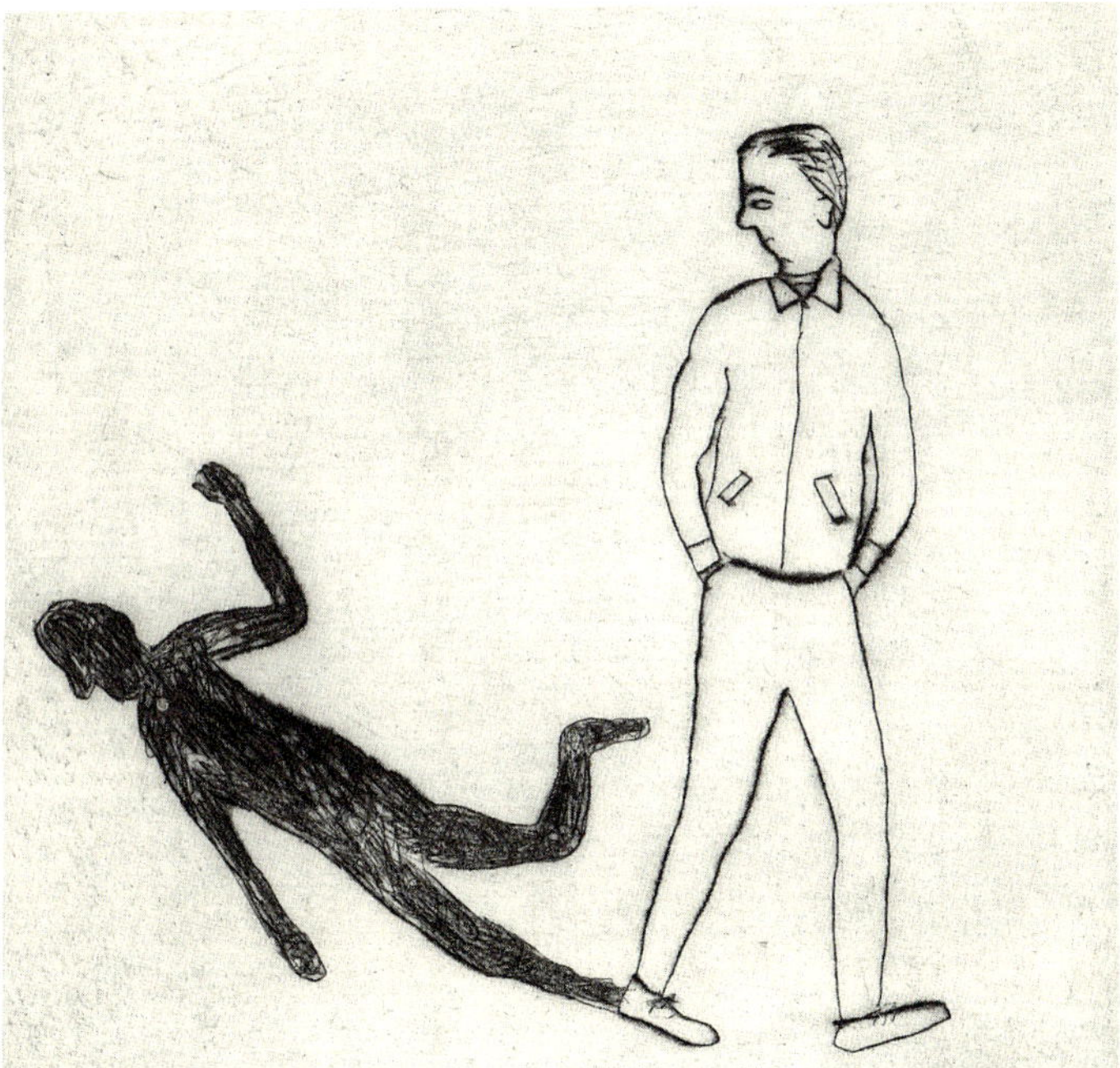

があったはずだな」と思う。だから悔いが残る——というほどのことでもないんだけど(たとえ悔いたとしても、それで生き方が改まるというものでもないし)、自分がいかに不十分でいい加減な人間であるかをあらためて実感させられることは確かだ。人間というのはたぶん何かあって急にすとんと死ぬんじゃなくて、少しずついろんなものを積み重ねながら死んでいくものなんだね。

例外的にうまく美しくさよならを言えた話をしよう。

20世紀最後の大晦日、カウアイ島のノースショアでは夕日が素晴らしく綺麗だった。鮮やかなオレンジ色のかたまりが、山の端に今まさに隠れようとして、雲と海も同じ色に染まっていた。僕は夕焼けを眺めるためにあてもなく車を運転していた。ラジオからはたまたまブライアン・ウィルソンの名曲『キャロライン・ノー』が流れていた。聴いていたら胸がぐっと熱くなって、しばらくのあいだ言葉が出なくなった。

20世紀が去っていくことについては、それまでとくに関心を持たなかった。ただの暦の問題に過ぎないじゃないかと内心思っていた。しかしその歌を聴いているうちに、「今こうして、時間のひとつの大きなかたまりに別れを告げているんだな」という心持ちが自然に生まれ、じわじわと身体全体に広がっていった。初めて『キャロライン・ノー』を耳にしたのは16歳の頃で、そのときは正直に言って曲の良さがよくわからなかった。今ではわかる。しみじみとわかる。そういう具合に僕の20世紀は過ぎていったんだな、と実感した。もちろんたいしたことじゃないんだけど、僕的にはちょっとしたことではある。

というわけで僕は20世紀に対して、それなりの背景と音楽付きで、個人的にうまく別れを告げることができたような気がする。ま、たまにはそういうこともある。

あとがき

ここに収められた50の短い文章は、雑誌「anan」に毎週、一年間にわたって連載されたものです。「anan」を手にとって読むのは、だいたい20歳前後の若い女の人じゃないかと思うんだけど、そういう人々がいったいどんな読み物を求めているか――あるいはそもそも読み物なんていうものを求めているのかどうか――なんて、僕にはほとんど見当もつかないし（残念ながら僕のまわりにはそういう年齢層に属する人は存在しない）、じゃああれこれ考えないで、なんでもいいから自分に興味のあることだけを好きなように書こうと思って、書きました。

ただ、若い読者を対象にして書くにあたって、ひとつ前もって自分なりに決めておいたのは、安易な決めつけみたいなことだけはやめようということでした。「こんなことは当然みんなわかっているはずだから、いちいち説明する必要なんてないだろう」というような前提を含んだ文章は書かないようにしようと。それから何が正しくて、何が正しくないというような押しつけがましいことも、なるべく書かないようにしようと。だってある人にとって正しいことが、別の人にとって正しくないこともあるし、あるときに正しいことが、別のときには正しくないことだってあるわけだから。

という風に考えていくと、なんだか自分がただのそのへんの空気になってしまったような気がして、とくに頭をひねらなくても毎週わりにすらすらと文章が出てきた。「anan」の読者が実際に読んでどう思ったのかはよくわからないけれど、僕自身のことをいえば、好きなことを好きに書けたので、けっこう楽しかった。ここに集められた文章が世の中の役に立つとか、そういうことはたぶんあまりないと思うけど、楽しんで読んでいただけたとしたら、その上でたとえ少しでもあなたの個人的なお役に立てたとしたら、筆者としては幸いです。

連載に大橋歩さんの絵がついていたのも、僕にとってはとても励みになった。僕がまだ猿同然の脳味噌しか持ち合わせない高校生だったころ、大橋さんは若くして既に「平凡パンチ」の表紙を書いておられた。僕は毎週「平凡パンチ」を買って読んでいたものだ。連載分に加え、単行本化にあたって大橋さんにはたくさんの挿し絵を新たに描いていただくことになった。感謝します。

この本は「anan」No.1208（2000年3月17日号）〜No.1259（2001年3月3日号）に掲載された同名の連載から抜粋、加筆修正してまとめました。

村上ラヂオ

二〇〇一年六月八日　第一刷発行

著者　村上春樹　文
大橋歩　画

発行者　石崎孟

発行所　株式会社　マガジンハウス
東京都中央区銀座三－一三－一〇　〒一〇四－八〇〇三
電話　販売部　〇三（三五四五）七一三〇
編集部　〇三（三五四五）七〇三〇

印刷・製本所　株式会社　精興社

装丁　葛西薫

ISBN4-8387-1314-2 C0095